REBIRTH
ACE 리버스
에이스

REBIRTH ACE 리버스 에이스 16

한승현 장편 소설

초판 1쇄 찍은 날 | 2017년 11월 20일
초판 1쇄 펴낸 날 | 2017년 11월 27일

지은이 | 한승현
펴낸이 | 예경원

기획 | 위시북스
편집책임 | 이규재
편집 | 이즈플러스

펴낸곳 | 예원북스
등록번호 | 제396-2012-000132호
등록일자 | 2012. 7. 25
KFN | 제1-180호

주소 | 경기도 고양시 일산동구 호수로 646-24 위너스21 II 빌딩 206A호 (우)10401
전화 | 031-819-9431 팩스 | 031-817-9432
E-mail | yewonbooks@naver.com

ⓒ한승현, 2016

ISBN 979-11-6098-615-0 04810
      979-11-5845-486-9 (set)

REBIRTH ACE

리버스 에이스

WISHBOOKS MODERN FANTASY STORY

한승현 장편소설

16

성장통

Wish
Books

CONTENTS

105장
세대교체

여유롭게 마운드에 오르는 한정훈의 모습이 카메라에 담겼다. 뒤이어 더그아웃에 앉아 거칠게 음료를 들이켜는 클레이튼 커셔의 모습이 잡혔다.

　0 대 0.

　홈 팀 양키즈는 물론이고 원정팀 다저스도 아직 점수를 뽑아내지 못한 상태였다.
　그리고 이 점수가 계속될 경우 한정훈과 클레이튼 커셔의 맞대결도 무승부로 끝이 날 수밖에 없었다.
　하지만 카메라를 통해 비친 한정훈과 클레이튼 커셔의 상반된 모습은 누가 승자인지를 명확하게 드러내 주고 있었다.

　－지금 흥미로운 장면이 카메라에 잡혔습니다.

　－그렇네요. 확실히 의미심장하네요.

　－봤어요? 클레이튼 커셔가 지쳤습니다.

　－반면 한정훈은 멀쩡하죠.

　－두 선수의 투구 수를 놓고 봤을 때 당연한 결과겠죠. 한 정훈은 4회까지 총 28개의 공을 던졌습니다. 그리고 놀랍게 도 7개의 삼진을 잡아냈습니다.

　－반면 클레이튼 커셔는 4회까지 74구를 던졌습니다. 클레 이튼 커셔의 올 시즌 평균 투구 수가 이닝당 14.1구인 걸 고 려하면 17구 정도를 더 던진 셈입니다.

　－이 페이스가 계속 이어진다면 클레이튼 커셔는 6회를 넘 기기 어려울지도 모릅니다. 반면 한정훈은 투구 수에 여유가 있습니다. 완투는 물론이고 경기가 연장으로 접어들더라도 마운드에 오를지 모르겠습니다.

　－물론 한정훈과 클레이튼 커셔의 투구 스타일이 다르니 단순히 투구 수만 가지고 비교를 하는 게 무의미해 보일 수 도 있습니다. 하지만 한정훈은 지금까지 단 하나의 피안타를 내준 반면 클레이튼 커셔는 두 개의 안타와 두 개의 사사구 를 내줬습니다. 그리고 그 차이가 투구 수 차이로 나타난 것

이고요.

─어쨌든 다저스의 입장에서는 이번 이닝에 어떻게든 한정훈을 괴롭힐 필요가 있을 것 같습니다.

─지친 클레이튼 커셔를 위해서라도 시간을 벌어야 한다는 이야기로군요.

─다행히 타순은 좋습니다. 4번 타자 코일 시거부터 시작되니까요.

─여기서 코일 시거가 뭔가를 해 준다면, 경기 분위기는 또다시 달라질 수 있습니다.

콕스 TV 중계진의 말이 떨어지기가 무섭게 중계 카메라가 코일 시거를 잡았다.

올 시즌 다저스의 4번 타자로서 제 몫을 다했다는 평가를 받고 있지만, 타석에 들어선 그의 얼굴은 긴장감으로 물들어 있었다.

'제발…… 하나만 들어와라.'

코일 시거가 천천히 방망이를 들어 올렸다. 그가 노리는 공은 몸 쪽을 파고드는 패스트볼이었다.

포심 패스트볼이 들어와도 상관없지만, 기왕이면 커터가 들어오길 바랐다. 그나마 커터가 포심 패스트볼보다는 구속이 느리다는 이유에서였다.

그러나 코일 시거가 몸 쪽 공에 강하다는 데이터를 전해 들은 아담 앤더슨이 코일 시거의 바람대로 쉽게 몸 쪽 공을 던져 줄 리 없었다.

'분위기는 확실히 넘어왔지만, 아직 점수는 0 대 0이야. 여기서 큰 걸 얻어맞기라도 하면 곤란해.'

아담 앤더슨이 바깥쪽으로 미트를 움직였다. 구종은 알아도 못 친다는 포심 패스트볼. 한정훈도 군말 없이 고개를 끄덕였다.

"후우……."

심장의 두근거림을 즐기며 한정훈이 힘껏 투수판을 박차고 나갔다.

후아앗!

한정훈의 손끝을 빠져나온 공이 한복판을 지나 홈 플레이트 바깥쪽을 파고들었다. 순간 코일 시거가 움찔하며 반응했지만 저만치 달아나 버린 공에 대처하기에는 준비가 부족했다.

그나마 기댈 곳이라고는 구심의 판정뿐. 하지만 야속한 구심은 일말의 망설임도 없이 오른팔을 들어 올렸다.

원 스트라이크.

"미치겠군."

코일 시거는 타석에서 한발 물러나 식은땀을 닦아냈다.

코치들은 한정훈의 볼 배합이 단순하다고 말했다. 패스트볼 위주의 윽박지르는 투구. 유인구가 거의 없는 공격적인 투구. 하지만 그건 그저 데이터만 보고 떠드는 헛소리에 불과했다.

한정훈의 공은 빠르고 묵직했다. 메이저리그를 통틀어 한정훈보다 위력적인 패스트볼을 던지는 투수는 없을 것 같았다.

그러나 코치들의 말처럼 한정훈은 단순히 좋은 공만 가지고 있는 게 아니었다.

똑같은 투구 폼에서 날아드는 다양한 구종은 타구 판단을 어렵게 만들었다. 게다가 공을 던지는 템포도 조금씩 달랐다.

마치 타자들의 속내를 훤히 들여다보듯 타자들이 예측한 템포보다 조금 빨리, 혹은 조금 늦게 공을 던져 댔다.

무엇보다 타자들을 미치게 만드는 건 완벽에 가까운 로케이션.

스트라이크와 볼의 경계선을 자유자재로 오가는 신기에 가까운 컨트롤이 방망이를 내밀 엄두조차 내지 못하게 만들고 있었다.

'인제 와서 달라질 건 없어. 삼진을 먹더라도 몸 쪽뿐이야. 몸 쪽이 들어오길 바라자.'

길게 숨을 고르며 코일 시거가 타석에 들어왔다. 그리고는 재차 몸 쪽 공을 노리며 방망이를 움켜잡았다.

'뭘 그렇게 땅이 꺼져라 한숨을 내쉬고 그래? 몸 쪽 공이 아니라서 실망한 거야? 그래. 알았다, 알았어. 여기 던져 줄 테니까 어디 하나 받아 보라고.'

코일 시거의 굳은 얼굴을 힐끔 훔쳐본 뒤 아담 앤더슨이 씩 웃으며 미트를 몸 쪽으로 붙여넣었다. 그 모습을 곁눈질하던 코일 시거가 조금 더 허리를 비틀어 보였다.

마운드 위에서 아담 앤더슨과 코일 시거의 신경전을 지켜보던 한정훈도 입가를 비틀어 올렸다.

말을 하진 않았지만 미묘한 움직임과 그에 대한 반응들로 무슨 이야기를 주고받고 있는지가 훤히 보였다.

아담 앤더슨은 코일 시거의 노림수대로 몸 쪽 공을 요구했다. 하지만 코일 시거가 달가워할 것 같지 않은 공을 주문했다.

스플리터.

패스트볼에 대한 부담감으로 거의 요구하지 않던 공을 던지라는 이야기였다.

'코일 시거의 머릿속에 스플리터가 없다고 확신한다는 건데…….'

한정훈은 가볍게 고개를 끄덕였다. 그리고 잠시 뜸을 들인 뒤 아담 앤더슨의 미트를 향해 힘껏 공을 내던졌다.

후아앗!

한정훈의 손끝을 빠져나온 공이 몸 쪽으로 붙어 들어오자 코일 시거가 반사적으로 방망이를 휘돌렸다.

구속만 놓고 봤을 때는 패스트볼이 틀림없었다. 지금까지만 해도 코일 시거는 한정훈이 자신을 위해 선물을 던져 준 것 같은 착각에 빠져들었다.

하지만 그 착각에서 깨지는 데는 그리 오랜 시간이 걸리지 않았다.

방망이가 홈 플레이트를 지나는 순간 뚝 하고 떨어져 버린 공.

그리고 그 공을 맞히지 못한 채 허무하게 허공을 가른 방망이.

팡. 파박.

온몸을 날려 스플리터를 막아 세운 아담 앤더슨의 마스크 너머로 얄궂은 웃음이 번졌다.

'젠장, 속았다.'

코일 시거가 고개를 절레절레 흔들었다. 설마하니 이 타이밍에 스플리터가 들어오리라고는 생각지도 못한 표정이었다.

놀란 건 콕스 TV 중계진도 마찬가지였다.

—한정훈, 스플리터를 던져 코일 시거의 스윙을 유도해 냅니다.

—정말 영리한 피칭이죠. 몸 쪽 공을 노리고 있던 코일 시거를 완전히 농락해 버렸습니다.

—그런데 저 공, 스플리터로 봐야 할까요?

—그렇지 않아도 저도 그 생각을 했는데요. 스플리터치고는 낙폭이 상당했습니다.

콕스 TV 중계진은 한정훈의 스플리터가 시즌 초보다 낙폭이 좋아졌다고 말했다. 그리고 양키즈 중계진도 콕스 TV 중계진의 분석에 전적으로 동의했다.

—한정훈의 스플리터가 진화하고 있습니다.

—확실히 대단한 스플리터네요. 저렇게 좋은 공을 자주 보지 못해 아쉬웠는데 맘 편히 사인을 내지 못할 아담 앤더슨의 심정이 충분히 이해가 갑니다.

—구속도 여전히 매력적인데요. 낙폭까지 좋아졌으니 타자들이 속을 수밖에 없을 것 같습니다.

—이번 시즌이 끝나고 아담 앤더슨이 한정훈의 저 스플리터에 익숙해진다면 내년 시즌 좌타자들에게 거대한 재앙이 닥칠지도 모르겠습니다.

TV 해설자들이 한정훈의 스플리터에 대해 분석하는 동안에도 코일 시거는 자신이 어떤 공에 당했는지조차 이해하지 못했다.

그만큼 마지막 순간에 뚝 하고 떨어져 시야 너머로 사라져 버린 한정훈의 스플리터는 위력적이었다.

"후우······."

애써 숨을 고르며 코일 시거가 다시금 방망이를 들어 올렸다.

'또 몸 쪽으로 들어올까? 아니야. 바깥쪽으로 들어올 거야.'

코일 시거는 고심 끝에 노림수를 바꿨다.

투 스트라이크.

투수에게 절대적으로 유리한 상황에서 실투의 위험이 큰 몸 쪽으로 승부가 들어올 것 같지 않았다.

그런 코일 시거의 속내가 몸동작을 통해 아담 앤더슨에게 전해졌다.

'이번에는 바깥쪽을 노리는군.'

아담 앤더슨이 슬쩍 입가를 비틀어 올렸다. 그리고는 코일 시거의 몸 쪽에 붙는 공을 주문했다.

구종은 커터.

코일 시거가 그토록 기다리던 공이었다.

한정훈은 이번에도 군말 없이 고개를 끄덕였다. 투 스트라이크라는 유리한 고지를 선점한 이상 지금은 어떤 공을 던지 더라도 타자를 압도할 수 있다는 자신감이 있었다.

츠윽.

글러브 안에서 그립을 바꿔 쥔 뒤 한정훈이 있는 힘껏 공을 내던졌다.

후아앗!

허공을 가르며 공이 코일 시거의 몸 쪽으로 날아들었다. 코일 시거가 깜짝 놀라며 방망이를 휘둘러 봤지만, 공은 마지막 순간에 더 안쪽으로 꺾이며 손잡이 윗부분을 스쳐지나 버렸다.

뒤이어 묵직한 포구음이 코일 시거의 귓가를 때렸다.

"젠장할!"

코일 시거의 입에서 참았던 욕지거리가 터져 나왔다. 하지만 그 소리는 쏟아지는 양키즈 팬들의 함성에 파묻혀 사라져 버렸다.

—한정훈! 코일 시거를 삼진으로 잡아냅니다!

—완벽에 가까운 몸 쪽 커터였습니다. 코일 시거, 저 공을 기다렸을 텐데요.

—볼카운트가 불리하다 보니 노림수를 바꿨을까요?

—바꿨다기보다는 바뀌었다는 표현이 맞을 것 같습니다.

―한정훈이 코일 시거가 몸 쪽을 노리지 못하게 만들었다는 이야기인가요?

　―바로 그겁니다. 앨런도 봤잖아요. 한정훈의 영리한 투구를. 한정훈과 아담 앤더슨은 계속해서 코일 시거와의 가위바위보 싸움에서 이겼어요. 그 결과가 허무한 삼진인 거고요.

　―그래도 아직 긴장을 늦춰서는 안 되겠죠. 타석에 5번 타자 라몬 곤잘레스가 들어오고 있습니다.

　양키즈 중계진의 이야기를 듣기라도 한 것일까.

　후웅! 후웅!

　라몬 곤잘레스가 타석 앞에서 요란스럽게 방망이를 휘둘러 댔다.

　'코일 시거를 삼진으로 잡았다고 까불지 마. 이번 타석은 그냥 넘어가지 않을 테니까.'

　아직 대결은 시작되지도 않았지만, 라몬 곤잘레스의 표정은 일찌감치 상기되어 있었다.

　앞선 타석 때 포심 패스트볼에 꼼짝없이 당했다는 사실을 아직 떨쳐 내지 못한 모양이었다.

　'어디 자신 있으면 그 잘난 포심 패스트볼을 던져 봐!'

　타석에 들어선 라몬 곤잘레스가 방망이를 움켜쥐었다.

　그가 노리는 공은 오직 하나. 포심 패스트볼뿐이었다.

스윙 스피드 하나는 최고라고 자신하는 만큼 어떻게든 한 정훈의 포심 패스트볼을 때려내 담장 밖으로 넘겨 버릴 생각이었다.

'이 녀석, 뭔가 심상치 않은데?'

라몬 곤잘레스의 결연함을 읽은 아담 앤더슨도 정신을 바짝 차렸다.

라몬 곤잘레스는 다저스의 미래를 책임질 선수였다. 나이가 어리다고 해서 만만히 봤다가 큰코다칠 수 있었다.

게다가 초구라는 점도 마음에 걸렸다. 한정훈을 상대하는 타자들에게 초구는 가장 치기 편한 공이나 다름없었다.

볼카운트에 대한 부담 없이 일단 자신의 스윙을 가져갈 유일한 기회였다. 그래서 경기 후반에 가면 타자 대부분이 초구에 적극적으로 방망이를 휘둘러 대곤 했다.

다행히도 한정훈의 초구 피안타율은 전체 피안타율과 별반 다를 것이 없었다. 다만 걱정스러운 건 피홈런이었다.

올 시즌 한정훈이 허용한 피홈런은 3개. 그중 2개가 초구에 나왔다.

물론 타자가 제대로 받아쳤다기보다 있는 힘껏 휘두른 방망이에 공이 맞아 넘어가 준 느낌이 강했다.

하지만 어쨌든 홈런은 홈런이었다. 그리고 지금은 장타 한방에 경기의 흐름이 달라질 수도 있는 동점 상황이었다.

'일단 초구는 바깥쪽 꽉 차게.'

잠시 고심하던 아담 앤더슨이 바깥쪽으로 미트를 움직였다. 구종은 포심 패스트볼. 라몬 곤잘레스의 시선을 분산시킬 필요가 있다고 여겼다.

한정훈도 가볍게 고개를 끄덕인 뒤 투구 자세에 들어갔다.

후아앗!

한정훈의 손끝을 빠져나간 공이 곧장 바깥쪽으로 날아들었다. 그러자 기다렸다는 듯이 라몬 곤잘레스가 방망이를 휘둘렀다.

'걸렸다!'

라몬 곤잘레스는 이를 악물고 공을 쫓았다. 그렇게 하면 방망이 중심에 공이 걸려들 것이라고 확신했다.

그러나 마지막 순간에 뻗어 오른 공은 방망이보다 먼저 홈 플레이트를 스쳐 지났다.

"젠장할! 빌어먹을! 도망치지 말라고, 이 겁쟁이야!"

시원하게 헛스윙을 하고 만 라몬 곤잘레스가 한정훈을 향해 욕지거리를 내뱉었다. 그 모습이 중계 카메라에 잡혀 전국으로 송출되었다.

─라몬 곤잘레스, 거칠게 분노를 드러냅니다.

─스윙 타이밍이 전혀 맞지 않았는데요. 스스로 감정을 제

어할 필요가 있다고 봅니다.

콕스 TV 중계진은 꼴사나운 짓이라고 꼬집었다. 반면 다저스 중계진은 라몬 곤잘레스를 두둔했다.

-앞선 타석에서 포심 패스트볼에 당했거든요. 그 공이 또다시 날아왔는데 치지 못했으니 분할 수밖에 없을 겁니다.
-승부욕이 넘치는 모습이 보기 좋습니다.
-다저스의 미래를 책임질 선수니까요. 이 정도 승부욕은 당연하다고 생각합니다.

"좋아, 좋아. 잘하고 있어!"
데빈 로버츠 감독도 더그아웃에서 라몬 곤잘레스를 응원했다. 타이밍이 맞지 않은 게 아쉽긴 했지만, 라몬 곤잘레스의 투지만은 높이 평가하고 싶었다. 그리고 그 투지가 한정훈의 기세를 조금은 꺾어놓기를 바랐다.
하지만 한정훈이 고작 이 정도 악다구니에 놀라 주눅 들리 없었다.
"저 녀석, 메이저리그 몇 년 차지?"
조지 지라디 감독이 라몬 곤잘레스를 바라보며 물었다.
"저도 알아봤는데 올해로 3년 차라더군요. 솔직히 놀랐습니다."

로비 토마스 벤치 코치가 슬그머니 말을 받았다. 조지 지라디 감독이 젊고 패기 넘치는 라몬 곤잘레스에게 관심이 있다고 여긴 것이다.

그러나 정작 조지 지라디 감독의 반응은 퉁명스럽기만 했다.

"3년 차라. 그럼 메이저리그가 어떤 곳인지 알 만할 텐데 제 감정조차 컨트롤하지 못하다니. 저래서는 대성하기 어렵겠어."

조지 지라디 감독이 혀를 찼다. 잦은 부상에 시달리곤 있지만, 신사라 불리는 양키즈의 4번 타자 그린 버드와 비교했을 때 라몬 곤잘레스는 그저 천둥벌거숭이처럼 느껴졌다.

"다저스는 원래 저런 스타일을 좋아하니까요."

로비 토마스 코치가 슬쩍 입가를 비틀어 올렸다. 조지 지라디 감독이 갑작스럽게 라몬 곤잘레스를 비난한 이유를 알아챈 것이다.

조지 지라디 감독은 어지간해서 다른 팀의 선수에 대해 왈가왈부하지 않았다.

양키즈의 감독직에 머무르고 있다고 해서 평생 그 자리가 보장되는 것은 아니었다. 경질이 되거나 혹은 더 좋은 조건을 제안받고 다른 팀으로 이적할 수도 있는 일이었다.

마찬가지로 다른 팀 선수가 평생 그 팀에 머무는 것도 아니었다. 돌고 돌아 당장 내년에 핀 스트라이프를 입게 될지는 그 누구도 장담할 수 없었다.

그런 라몬 곤잘레스가 오랜만에 쓴소리를 내뱉은 이유는 간단했다. 라몬 곤잘레스의 행동 속에 한정훈에 대한 존경과 배려를 전혀 느끼지 못했기 때문이다.

비록 올해 메이저리그에 데뷔했다고 하지만 한정훈의 위치는 라몬 곤잘레스와는 비교조차 할 수 없었다. 다른 걸 다 떠나 몸값이 둘의 차이를 명확하게 증명하고 있었다.

무엇보다 한정훈은 양키즈라는 명문 구단의 에이스였다. 양키즈가 억지로 앉힌 게 아니라 한정훈 스스로 그 자리를 쟁취했고 모두로부터 에이스로 인정받고 있었다.

그 사실을 리그가 다르다고 해서 다저스가 모르지는 않을 터. 그렇다면 최소한 에이스에 대한 예의 정도는 갖출 필요가 있었다.

하지만 라몬 곤잘레스는 마치 한정훈과 주먹다짐이라도 할 기세로 타석에서 까불고 있었다. 정말 마음 같아선 빈볼 사인이라도 내고 싶을 정도였다.

라몬 곤잘레스의 태도에 분노한 건 조지 지라디 감독만이 아니었다.

"저 빌어먹을 자식이. 지금 뭐라고 지껄인 거야?"

제이크 햄튼은 방망이를 움켜쥔 채 더그아웃에서 몸을 일으켰다. 만약 벤치 클리어링이라도 일어났다면 그대로 더그아웃 밖으로 뛰쳐나갈 기세였다.

"아담! 저 빌어먹을 녀석 입을 틀어막아 버려!"

불펜 포수 저스틴 로마인도 흥분을 감추지 못하고 소리쳤다. 듣기에 따라서는 빈볼을 지시하는 것처럼 들릴 수도 있었지만, 저스틴 로마인은 눈 하나 까딱하지 않았다.

그러자 다저스 선수들도 지지 않고 맞받아쳤다.

"로마인! 입 다물어! 한마디만 더 떠들면 가만두지 않을 거야!"

"햄튼! 양키즈에서 주전 선수가 됐다고 까부나 본데 여긴 네가 낄 자리가 아냐!"

갑작스럽게 경기장이 소란스러워지자 구심이 경기를 중단시켰다. 그리고 양 팀 더그아웃을 향해 한 차례씩 주의를 주었다.

마지막으로 구심은 한정훈에게 다가가 빈볼을 던질 경우 퇴장시키겠다고 엄포를 놓았다.

"한정훈 선수, 빈볼은 던지면 안 될 거 같은데요."

구심의 호출로 마운드에 오른 레이 킴이 긴장한 얼굴로 말했다. 하지만 한정훈은 대수롭지 않다는 반응이었다.

"오늘 경기는 내가 책임질 테니까 다들 걱정하지 말고 있으라고 말해줘요."

"하아, 그 말을 듣고 싶었어요."

레이 킴이 활짝 웃었다. 그리고는 더그아웃으로 돌아가 조지 지라디 감독에게 한정훈의 말을 전했다.

"정훈이 그렇게 말했다고?"

"네, 감독님."

"역시, 우리 에이스답군."

조지 지라디 감독도 씩 웃으며 한정훈을 향해 엄지를 들어 올려 보였다. 즉흥적으로 나온 사인이었지만 그 모습이 중계 카메라에 정확하게 포착됐다.

―통역이 잠시 마운드에 올라갔다 왔는데요. 한정훈이 무슨 말을 전했을까요?

―글쎄요. 설마 퇴장을 당하는 한이 있더라도 빈볼을 던지겠다는 사인은 아니었겠죠?

콕스 TV 중계진은 조지 지라디 감독의 엄지 사인을 궁금해했다. 그러나 양키즈 중계진은 그 사인의 의미를 이미 알고 있었다.

―조지 지라디 감독, 엄지를 추켜듭니다.

-저건 보통 한정훈이 홀로 경기를 마무리 지었을 때 보여주는 사인인데요.

　-그렇다는 건 한정훈에게 오늘 경기를 맡기겠다는 의미일까요?

　-아마 그 반대겠죠. 조지 지라디 감독이 통역을 통해 의사를 물어봤는데 한정훈이 오늘 경기를 완투하겠다고 말한 것 같습니다.

　-어느 정도 예상됐던 일이지만 그래도 기분 좋은 소식입니다.

　-확실히 한정훈의 투구 수는 아직 여유가 넘치니까요.

　-이제 남은 건 라몬 곤잘레스인데요.

　-라몬 곤잘레스, 상대를 잘못 골랐습니다. 다저스 스타디움에서는 그런 방식이 통했는지 모르겠지만 여긴 양키즈 스타디움이거든요.

　-그리고 투수는 한정훈이죠.

　-아메리칸리그 타자들이라면 절대 하지 않았을 행동인데요.

　-아마 라몬 곤잘레스도 이제 뼈저리게 느낄 겁니다. 자신이 한정훈을 잘못 건드렸다는 사실을 말입니다.

　양키즈 중계진은 한정훈이 라몬 곤잘레스의 도발을 이대

로 넘기지 않을 것이라고 확신했다.

지금까지 그래 왔듯 빈볼이라는 최후의 방법을 쓰지 않고서도 라몬 곤잘레스의 버릇을 단단히 고쳐 줄 것이라 기대했다.

그것은 양키즈 스타디움을 가득 메운 팬들도 마찬가지였다.

"정후우우우운!"

"짓밟아 버려! 그 녀석! 자근자근 밟아버리라고!"

"한가운데로 패스트볼을 꽂아 넣어! 네 공은 아무도 못 친다고오!"

양키즈 팬들이 한마음이 되어 소리쳤다. 그 순간.

후아앗!

한정훈의 손끝을 빠져나간 공이 곧바로 라몬 곤잘레스의 몸 쪽으로 날아들었다.

"젠장!"

공이 조금 높다는 느낌이 들자 라몬 곤잘레스는 본능적으로 몸을 비틀었다. 한정훈이 자신에게 빈볼을 던졌다고 확신한 것이다.

하지만 정작 공은 높은 쪽 스트라이크존을 꿰뚫고 아담 앤더슨의 미트 속으로 사라져 버렸다.

"스트라이크!"

구심이 가볍게 오른팔을 들어 올렸다. 한정훈의 공이 대부분 낮게 제구되긴 했지만 클레이튼 커셔의 하이 패스트볼을 잡아줬던 만큼 한정훈의 공도 스트라이크로 인정해 준 것이다.

그러나 라몬 곤잘레스는 구심의 판정을 이해하지 못했다.

"뭐라고요? 이게 스트라이크라고요? 미쳤어요? 제대로 본 거 맞아요?"

라몬 곤잘레스는 한정훈에게 쌓였던 감정을 구심에게 쏟아냈다. 그래서는 안 된다는 걸 누구보다 잘 알고 있지만 한번 터져 나온 감정들을 좀처럼 수습하지 못했다.

"오늘 콕스 TV에서 중계하는 걸 다행으로 알아."

구심은 빠득 이를 갈며 라몬 곤잘레스에게 경고를 주었다. 마음 같아서는 당장 퇴장 명령을 내리고 싶었지만, 전국으로 생중계가 되는 상황이라 치미는 분을 힘겹게 억눌렀다.

라몬 곤잘레스도 길게 숨을 골랐다. 뒤늦게 괜한 짓을 했다는 후회가 치밀었지만 그렇다고 인제 와서 구심에게 사과하고 싶진 않았다.

'차라리 잘됐어. 이렇게 하면 구심도 높은 공에 스트라이크를 주기가 부담스러워지겠지. 저 녀석도 쉽게 높은 공을 던지지 못할 테고.'

라몬 곤잘레스는 자신의 행동을 빠르게 정당화시켰다. 하지만 한정훈은 눈 하나 까딱하지 않았다. 그저 아담 앤더슨의 사인을 받은 뒤 묵묵히 고개를 끄덕일 뿐이었다.

탁.

한정훈이 투수판을 밟았다. 동시에 라몬 곤잘레스가 타격 자세에 들어갔다.

'들어와라. 포심 패스트볼.'

라몬 곤잘레스가 주문처럼 중얼거렸다. 그리고 잠시 후.

후아앗!

한정훈의 손끝에서 새하얀 공이 쏜살같이 날아들었다.

코스는 몸 쪽.

구종은 패스트볼.

'왔다!'

라몬 곤잘레스가 기다렸다는 듯이 방망이를 내돌렸다. 릴리스 포인트가 일정한 한정훈의 특성상 공이 마지막 순간에 떨어지거나 꺾일 가능성도 없지 않았지만, 감각적으로 몸 쪽 포심 패스트가 들어왔다고 확신을 한 것이다.

그리고 그 확신은 정확하게 맞아떨어졌다. 빠르게 허공을 가른 공은 마지막 순간 떠오르듯 라몬 곤잘레스의 옆구리 쪽을 파고들었다.

'잡았다!'

힘차게 허리를 내돌리는 라몬 곤잘레스의 입가로 웃음이

번졌다.

타이밍도 좋았고 스윙도 완벽했다. 공이 어느 부분에 맞을지는 몰라도 적어도 범타로 물러날 것 같지는 않았다.

하지만 한참을 기다려도 방망이가 쪼개질 듯한 파열음은 들리지 않았다. 묵직한 타격 통도 없었다. 대신.

퍼엉!

대포음 같은 포구 소리가 뒤통수 쪽에서 울려 퍼졌다.

'뭐, 뭐야?'

방망이가 손에서 빠져나간 줄도 모른 채 라몬 곤잘레스가 포수 쪽으로 고개를 돌렸다. 그 순간.

"스트라이크, 아웃!"

구심이 기다렸다는 듯이 확인 사살을 날렸다.

아담 앤더슨도 글러브에 박힌 공을 빼내며 라몬 곤잘레스의 눈앞에서 흔들어 댔다. 마치 네 실력으로는 한정훈의 공을 절대 칠 수 없다고 놀리듯 말이다.

"크아아악!"

라몬 곤잘레스의 입에서 절로 비명이 터져 나왔다. 그러나 그 소리는 이번에도 사방에서 터져 나오는 양키즈 관중의 함성 속에 파묻혀 버렸다.

─한정훈! 코일 시거에 이어 라몬 곤잘레스까지 삼진으로

돌려세웁니다!

 −정말 무시무시한 선수입니다. 한정훈이 핀 스트라이프를 입고 있다는 사실이 다행스러울 정도입니다.

 −하지만 다저스에게는 악몽이겠죠.

 −아마 앤디 프리드먼 사장은 오늘 밤 잠을 이루지 못할 것 같습니다.

 양키즈 중계진의 극찬 속에 한정훈은 6번 타자 데븐 크레이크까지 삼진으로 돌려세우고 마운드를 내려갔다.

 투 스트라이크로 몰린 상황에서 데븐 크레이크가 체인지업을 걷어내며 버텨봤지만 4구째 한복판으로 들어오는 하이 패스트볼에 맥없이 방망이를 돌리고 말았다.

 그렇게 다저스의 5회 초 공격이 순식간에 끝이 났다.

 "후우…… 빌어먹을."

 클레이튼 커셔가 나직이 주절거렸다. 이제 겨우 호흡이 돌아왔는데 또다시 마운드에 올라가야 한다는 사실이 곤욕스럽게 느껴졌다.

 "환장하겠군."

 지친 클레이튼 커셔를 바라보는 데빈 로버츠 감독의 입에서도 한숨이 흘러나왔다.

 4회까지 클레이튼 커셔의 투구 수는 74구. 4회에만 무려

27구를 던졌다. 이닝당 평균 투구 수의 두 배 가까운 공을 던진 셈이었다.

게다가 클레이튼 커셔가 주자 만루 상황에서 투구했다. 비록 아담 앤더슨-마르쿠스 키엘로 이어지는 하위 타선을 상대하긴 했지만, 그 피로도는 극심할 수밖에 없었다.

"불펜은 준비시켜 놨지?"

데빈 로버츠 감독이 밥 그린 벤치 코치를 바라봤다. 그러자 밥 그린 코치가 당연하다며 고개를 끄덕였다.

"이미 몸은 풀렸을 겁니다."

"여차하면 5회에 투수를 바꿔야 할지도 몰라. 그러니까 다시 한 번 확인해 보라고."

"아, 알겠습니다."

밥 그린 코치가 다시 불펜에 전화를 넣었다. 그리고 투수의 준비 상태를 물었다.

"아, 네. 진즉 준비하고 있었습니다."

밥 그린 코치의 채근에 카임 가르시아 코치가 마지못해 손가락을 움직였다. 그러자 한가롭게 잡담을 늘어놓던 불펜 투수 두 명이 마지못해 준비운동을 시작했다.

이대로 몸을 풀려면 넉넉잡아 30분은 필요해 보였지만 카임 가르시아 코치는 모든 준비가 끝난 것처럼 굴었다.

—5회에 사인이 나올지도 몰라요.

"5회에요? 왜요? 커셔가 다치기라도 했나요?"

―그런 건 아니지만 컨디션이 좋지 않아요.

"하하. 그래도 커셔인데 설마 5회를 버티지 못하려고요."

카임 가르시아 코치는 이번에도 밥 그린 코치의 말을 한 귀로 흘려버렸다. 양키즈 원정에서 다저스가 스윕을 당할지 모른다는 두려움 때문에 괜히 불펜을 닦달하는 거라 여겼다.

'클레이튼 커셔가 어떤 녀석인데. 컨디션이 좋지 않아도 그렇게 쉽게 흔들리지 않는다고.'

한편으로 카임 가르시아 코치는 클레이튼 커셔를 믿었다. 사이영상을 5번이나 수상한 현역 최고의 투수가 5회도 버티지 못하고 마운드에서 물러날 것 같진 않았다.

"아직 0 대 0인데 뭐가 이렇게 호들갑이야. 이렇게 소극적이니까 자이언츠에게 추월을 당한 거지."

전화를 끊으며 카임 가르시아 코치가 퉁명스럽게 중얼거렸다. 다저스 언론의 말처럼 다저스가 자이언츠에게 선두 자리를 빼앗긴 가장 큰 이유로 데빈 로버츠 감독의 줏대 없는 용병술을 꼽고 있는 그에게 만약을 대비하라는 말이 진지하게 느껴질 리 없었다.

"클레이튼 커셔야. 다저스의 에이스라고. 그렇게 쉽게 무너지지 않아."

카임 가르시가 코치는 5회에 다시 불펜 전화가 울리는 일은 없을 것이라고 단언했다. 하지만 경기 분위기는 불펜에서 지켜보는 것처럼 그리 녹록지가 않았다.

파앙!

바깥쪽 낮게 파고든 포심 패스트볼이 야스마니 그린달의 미트를 울렸다. 순간 야스마니 그린달이 미트를 살짝 끌어 올렸다. 아슬아슬한 코스를 명백한 스트라이크로 만들어보려 한 것이다.

그러나 구심은 그 정도 프레이밍에는 꿈쩍도 하지 않았다.

"볼!"

구심이 단호하게 소리쳤다. 그와 동시에 9번 타자 로비 래프스나이더가 방망이를 내던지고는 천천히 1루로 나갔다.

"젠장할."

클레이튼 커셔의 입에서 절로 욕지거리가 터져 나왔다. 살짝 낮긴 했지만, 충분히 스트라이크를 잡아줄 만한 공인데 구심이 끝내 외면해 버렸다. 덕분에 선두 타자를 1루로 내보내고 말았다.

ㅡ로비 래프스나이더, 풀카운트 접전 끝에 사사구를 얻어 출루합니다.

ㅡ마지막 공은 정말 아슬아슬했는데요.

ㅡ구심이 스트라이크를 선언해도 할 말이 없는 공이었습

니다.

　ー솔직히 이건 로비 래프스나이더가 골라냈다기보다는 치지 못한 것 같은 느낌이 드는데요.

　ー어쨌든 클레이튼 커셔는 4회에 이어 5회에도 위기 상황을 이어갑니다.

　콕스 TV 중계진의 부정적인 멘트가 전파를 타고 흘렀다. 다저스 팬들은 고작 주자 1루일 뿐이라고 반박할지 몰라도 중계 카메라에 잡힌 클레이튼 커셔의 모습은 확실히 지쳐 보였다.

　투구 수 80구.

　지난 경기에서 117구를 던졌고 연이은 원정 경기에 휴식일까지 반납한 걸 감안하면 100구 이상의 투구는 기대하기 어려운 상태였다.

　게다가 올 시즌 클레이튼 커셔의 90구 이후 피안타율은 제법 높은 편이었다. 90구 이전까지 2할대 초반이던 피안타율은 90구가 넘어가는 시점부터 2할대 후반까지 치솟았다.

　잘 던지다가 경기 후반에 실점하는 경우가 많은 이유도 바로 이 피안타율에 있었다.

"제발. 아웃 카운트를 잡아."

데빈 로버츠 다저스 감독은 주먹을 힘껏 움켜쥐었다. 여차하면 클레이튼 커셔를 바꿀 생각도 하고 있지만 그래도 최선은 클레이튼 커셔가 이 분위기를 끊어주는 것뿐이었다.

1번 타자 브라이언 리는 아직 영글지 않은 선수였다. 2번 타자 비비 그레고리우스는 좋은 타자지만 클레이튼 커셔의 커브에 약점을 보여 왔다.

이 두 타자만 잘 넘어간다면 실점 위기까지 가지 않을지 몰랐다. 무엇보다 까다로운 양키즈의 4, 5번 타자를 피할 수 있었다.

"어떻게 할까요?"

밥 그린 벤치 코치가 다가와 물었다. 조지 지라디 감독이 번트 작전을 낼지도 모르는 만큼 내야수들을 대비시킬 필요가 있다고 판단한 것이다.

하지만 데빈 로버츠 감독은 고개를 저었다. 클레이튼 커셔가 눈에 띄게 지친 만큼 양키즈가 고작 한 점을 뽑기 위해 번트 작전을 내걸 것 같지는 않았다.

"정상 수비해. 대신 주의는 주고."

데빈 로버츠 감독이 짧게 말했다. 자신이 조지 지라디 감독이라 하더라도 번트 작전 대신 강공을 선택할 것이라고 확신했다.

그러나 조지 지라디 감독의 결정은 달랐다.

"번트, 댈까요?"

"대야지."

"한 점이면 충분하겠죠?"

"당연한 소리. 여기서 한 점만 내도 한정훈이 우릴 승리로 이끌어줄 거야."

조지 지라디 감독은 망설이지 않고 번트 사인을 냈다. 한정훈이 오늘 경기를 책임져 주겠다고 한 만큼 다득점보다 선취점을 내는 쪽으로 방향을 설정했다.

조이 에스파 3루 코치의 사인을 전해 받은 브라이언 리도 제 헬멧을 툭 때리며 결의를 다졌다.

클레이튼 커셔는 지쳤다. 1루 주자 로비 래프스나이더가 2루에 가면 클레이튼 커셔는 더 지칠 것이다.

물론 브라이언 리도 영웅이 되고 싶은 마음이 없지 않았다. 구속이 현저히 떨어진 클레이튼 커셔의 공이라면 얼마든지 안타로 연결할 수 있을 것 같았다.

하지만 팀을 위해 필요한 건 일단 로비 래프스나이더를 안전하게 2루로 보내는 것이었다.

'뒤는 정훈에게 맡기면 돼.'

브라이언 리가 단단히 발을 디뎠다. 그리고 평소처럼 클레이튼 커셔의 공을 기다렸다.

후아앗!

클레이튼 커셔의 초구는 커브. 한가운데에서 바깥쪽으로 휘어져 나가는 듯한 커브의 궤적은 번트를 대기에 적합하지 않았다.

브라이언 리는 번트 동작 없이 그대로 공을 지켜봤다. 다행히도 공이 바깥쪽으로 치우치면서 구심은 볼을 선언했다.

'잘됐어. 이렇게 된 이상 스트라이크를 잡으러 오겠지.'

길게 숨을 고르며 브라이언 리가 침착하게 방망이를 들어 올렸다. 반면 클레이튼 커셔의 얼굴은 벌겋게 상기되어 있었다.

'이것도 볼. 저것도 볼! 젠장, 대체 나더러 뭘 던지라는 거야?'

클레이튼 커셔는 한참이나 로진백을 주물럭거렸다. 타자들도 도움이 되지 않는데 심판마저 딴죽을 거니 흥분을 가라앉히려 해도 그럴 수가 없었다.

－클레이튼 커셔, 구심의 판정에 불만이 많은 것 같은데요.

－어쩌면 뜻대로 제구가 되지 않는 자신에게 화를 내는 것인지도 모르겠습니다.

－볼카운트를 볼로 시작한 만큼 2구째는 스트라이크를 잡아야 할 텐데요.

－그게 문제겠죠. 정직하게 승부를 들어갔다가 얻어맞으면 상황은 더욱 골치 아파질 테니까요.

콕스 TV 중계진은 클레이튼 커셔를 동정했다. 바로 얼마 전까지만 해도 현역 최고의 투수라 칭송받았지만, 오늘 마운드 위의 클레이튼 커셔는 너무나도 안쓰럽고 가엽기만 했다.

하지만 양키즈 타자들은 더 이상 클레이튼 커셔를 배려해 주지 않았다.

"타임."

클레이튼 커셔가 한참 만에 투수판을 밟자 이번에는 브라이언 리가 타석에서 벗어났다.

클레이튼 커셔가 매서운 눈으로 브라이언 리를 노려 봤지만, 브라이언 리는 눈 하나 까딱하지 않았다. 그저 두어 번 방망이를 휘두른 뒤 구심의 권유에 따라 타석에 올라섰다.

"하아, 빌어먹을."

덕분에 투구 템포가 깨진 클레이튼 커셔는 다시 짜증이 치밀었다.

"두고 봐라."

클레이튼 커셔가 패스트볼 그립을 꽉 움켜쥐었다. 그리고 야스마니 그린달의 사인에 두 번 고개를 저은 뒤 브라이언 리의 몸 쪽을 향해 힘껏 패스트볼을 내던졌다.

후아앗!

매서운 바람 소리와 함께 새하얀 공이 브라이언 리의 얼굴로 날아들었다. 순간 브라이언 리가 악 소리와 함께 뒷걸음질을 쳤다.

다행히 공은 조금 더 안쪽으로 말려 들어갔지만, 브라이언 리가 제때 피하지 않았다면 큰 사고로 이어질 수 있었다.

하지만 클레이튼 커셔는 아무렇지도 않은 얼굴로 야스마니 그린달에게서 공을 받아갔다. 받은 대로 돌려주는 메이저리그 특성상 빈볼성 위협구는 아무런 문제가 될 게 없다고 판단한 것이다.

그러나 콕스 TV 중계진은 클레이튼 커셔가 평소답지 않게 흥분하고 있다고 지적했다.

—클레이튼 커셔, 공이 손에서 빠졌을까요?

—일단 표정으로 봐서는 실수로 던진 공 같지는 않은데요.

—위협구를 던진 거라면 타이밍이 좋지 않습니다.

—무사 1루 상황에서 볼카운트가 투 볼이 됐는데요.

—클레이튼 커셔, 조금 더 냉정할 필요가 있습니다. 브라이언 리가 일부러 타석을 벗어난 것은 아닐 텐데요.

—확실히 그 전에 클레이튼 커셔가 시간을 너무 끌었습니다.

콕스 TV 중계진은 클레이튼 커셔가 브라이언 리의 타임 요청에 민감하게 반응을 할 이유가 없다고 말했다. 오히려 그럴수록 손해 보는 건 클레이튼 커셔라고 꼬집었다.

하지만 클레이튼 커셔는 좀처럼 감정을 추스르지 못했다. 위협구 이후 브라이언 리의 시선이 달라졌기 때문이다.

"저 자식이."

클레이튼 커셔가 아랫입술을 질근 깨물었다. 그리고는 있는 힘껏 공을 내던졌다.

후아앗!

또다시 브라이언 리의 몸 쪽을 파고든 공은 스트라이크존을 벗어나 야스마니 그린달의 미트 속에 파묻혔다.

2구처럼 대놓고 빈볼성으로 날아든 공은 아니었지만, 브라이언 리는 이번에도 엉덩이를 뒤로 쭉 빼야만 했다.

"하아, 젠장할."

브라이언 리의 입에서 절로 짜증이 터져 나왔다. 클레이튼 커셔가 갑자기 자신에게 위협구를 내던지는 이유를 모르겠다는 반응이었다.

그러나 브라이언 리는 그나마 볼카운트라도 이득을 보고 있었다.

'미치겠군.'

야스마니 그린달은 말 그대로 미칠 지경이었다. 고집이 센 클레이튼 커셔가 계속해서 사인에도 없는 공을 내던진 탓에 볼카운트가 쓰리 볼로 몰린 상황이었다.

'더는 안 돼, 커셔. 개인적인 감정은 접어두라고. 지금은 경기 중이야. 여기서 또다시 주자를 내보내면 모두가 힘들어져.'

야스마니 그린달이 한가운데로 미트를 들어 올렸다. 이 사인을 보고 클레이튼 커셔가 상황의 심각성을 인지하길 바랐다.

"후우⋯⋯."

클레이튼 커셔도 더는 고집을 부리지 않았다. 야스마니 그린달의 사인대로 커브 그립을 쥐고 한복판 낮게 떨어지는 궤적을 머릿속에 그리며 힘껏 공을 내던졌다. 그렇게 하면 브라이언 리도 방망이를 참지 못할 것이라 여겼다.

하지만 연달아 위협구를 던진 탓일까. 릴리스 포인트가 흔들리면서 공이 또다시 브라이언 리의 몸 쪽으로 날아갔다.

"젠장!"

브라이언 리가 악다구니를 내뱉으며 뒤로 물러났다. 그러나 공은 마지막 순간에 홈 플레이트 쪽으로 휘어지며 야스마니 그린달의 미트 속에 파묻혔다.

"스트라이크!"

한참을 고심하던 구심이 오른팔을 들어 올렸다. 야스마니 그린달의 프레이밍이 없지 않았지만, 공의 궤적이 스트라이크존에 걸쳐 들어왔다고 판단한 것이다.

"그렇지!"

클레이튼 커셔의 입가에도 웃음이 번졌다. 비록 원하는 대로 제구가 되진 않았지만, 스트라이크는 스트라이크였다.

원 스트라이크 쓰리 볼 상황이라면 타자도 마냥 여유를 부리지는 못할 것이라고 판단했다.

그러나 정작 브라이언 리는 클레이튼 커셔의 커브에 당했다는 사실에 단단히 열이 받아 있었다.

"두고 보자."

브라이언 리가 빠득 이를 갈았다. 그리고 매섭게 클레이튼 커셔를 노려보았다.

쓰리 볼 상황에서 벗어나서인지 클레이튼 커셔의 얼굴에는 여유가 넘쳤다. 하지만 브라이언 리는 그 모습에 속지 않았다.

'클레이튼 커셔는 스트라이크를 던질 거야. 아니면 내가 속을 만한 유인구를 던져야겠지.'

4구째 커브가 들어온 이상 5구째 연달아 커브가 들어올 가능성은 작았다. 패스트볼, 혹은 슬라이더.

구속 차이를 이용해 타자들을 윽박지를 만한 공을 선택할 가능성이 컸다.

하지만 그렇기 때문에 역으로 커브를 선택할 가능성도 배제하기 어려웠다.

한참을 고심하던 브라이언 리가 이내 타석에 들어섰다.

'아직 볼카운트에 여유가 있으니까…… 커브를 노리자.'

브라이언 리는 클레이튼 커셔–야스마니 그린달 배터리가 자신의 경험 부족을 노려 역으로 커브를 던질 가능성이 더 크다고 판단했다. 그리고 그 예상은 적중했다.

후아앗!

클레이튼 커셔가 힘차게 내던진 공이 또다시 큰 각을 그리며 브라이언 리에게 날아들었다. 게다가 코스도 좋았다.

몸 쪽에서 한복판을 지나 바깥쪽 꽉 차게 들어오는 스트라이크.

패스트볼 타이밍에는 쉽게 방망이를 내밀지조차 못할 코스였다.

그러나 처음부터 커브를 노리고 있던 브라이언 리는 기다렸다는 듯이 방망이를 내밀었다. 그리고 방망이 중심에 정확하게 공을 맞혀냈다.

따악!

짤막한 타격음과 함께 타구가 유격수 코일 시거의 키를 살짝 넘겨 버렸다. 코일 시거가 뒷걸음질을 치며 뛰어올라 봤지만, 공은 글러브에 닿지도 않았다.

그사이 1루 주자 로비 래프스나이더가 2루까지 내달렸다. 내친김에 3루를 노려봤지만 3루 코치 조이 에스파의 멈춤 지시를 받고는 냉큼 2루로 되돌아갔다.

하지만 그것만으로도 양키즈 스타디움을 뜨겁게 달궈놓기에 충분했다.

"브라이어어어어언!"

"이 자식! 해낼 줄 알았어!"

양키즈 팬들은 1루를 밟고 선 브라이언 리에게 함성을 쏟아냈다.

실력보다는 미래에 대한 기대치로 브라이언 리를 지켜봐 왔는데 클레이튼 커셔를 상대로 결정적인 안타를 때려줬으니 더없이 예뻐 보일 수밖에 없었다.

"환장하겠군."

경기 분위기가 일방적으로 흘러가자 데빈 로버츠 감독도 더는 참지 못하고 더그아웃을 나섰다. 일단은 흥분한 클레이튼 커셔를 달래야겠지만, 최악의 경우 투수 교체까지 마음을 먹었다.

그러나 클레이튼 커셔는 데빈 로버츠 감독이 마운드에 오른 이유를 이해할 수 없다는 반응이었다.

"커셔, 괜찮아?"

"그럼요."

"주자가 두 명이야. 알고 있지?"

"걱정 마세요, 감독님. 이런 위기쯤은 아무것도 아니에요."

지친 기색이 역력했지만 클레이튼 커셔의 목소리에는 힘이 넘쳤다. 게다가 이미 1사 만루 위기를 넘긴 적도 있었다. 주자가 1, 3루에 있다면 골치 아프겠지만 1, 2루 상황이라면 더블플레이 하나로 분위기를 다시 바꿔놓을 수도 있었다.

"후우……."

데빈 로버츠 감독이 씁쓸하게 웃었다. 그러면서 슬쩍 야스마니 그린달을 바라봤다.

데빈 로버츠 감독의 눈빛을 읽은 야스마니 그린달이 묵묵히 고개를 끄덕여 보였다. 지금 상황에서 클레이튼 커셔를 믿고 가는 것 이외에 다른 선택은 없다고 판단한 것이다.

"다들 땅볼이 나오면 확실하게 처리해 주고. 알았지?"

데빈 로버츠 감독은 마지막으로 내야수들을 다독거린 뒤 마운드에서 내려왔다. 내야수들도 저마다 클레이튼 커셔를 독려하며 제자리로 돌아갔다.

"후우, 젠장할."

다시 혼자가 된 클레이튼 커셔가 신경질적으로 로진백을 주물렀다. 고작 안타 하나 맞았을 뿐이다. 아직 점수를 내준 것도 아니었다. 그런데 대여섯 점 내준 것처럼 소란을 떨고 있으니 절로 짜증이 치밀어 올랐다.

"두고 봐. 이제부터 내 진가를 보여줄 테니까."

클레이튼 커셔는 한참 만에 투수판을 밟았다. 구심이고 동료들이고 간에 자신의 편은 아무도 없었다. 이제 믿을 건 자신뿐이었다.

"나라도 정신 바짝 차려야 해."

클레이튼 커셔의 표정을 읽은 야스마니 그린달이 초구에 바깥쪽 사인을 냈다.

주자 1, 2루 상황에서 2번 타자 비비 그레고리우스의 머릿속은 진루타가 가득할 터. 그렇다면 잡아당기는 타격에 집중할 것이라고 여겼다.

사인을 확인한 클레이튼 커셔도 이내 고개를 끄덕였다. 그렇지 않아도 이 짜증을 공에 담아 힘껏 내던지고 싶었는데 때마침 패스트볼 사인이 들어왔으니 마다할 이유가 없었다.

"후우……."

천천히 숨을 내쉬며 클레이튼 커셔가 2루를 힐끔 바라봤다. 2루 주자 로비 래프스나이더는 세 걸음 정도 리드한 상태였다. 1루 주자 브라이언 리도 마찬가지. 별다른 작전이 걸리지 않은 듯 평범한 리드를 보여주고 있었다.

'그렇다면……!'

클레이튼 커셔가 이를 악물고 공을 내던졌다. 양키즈 더그아웃에서 자신이 흔들리고 있다고 판단을 내린 거라면 아직 건재하다는 걸 이번 공을 통해 보여줄 생각이었다.

후아앗!

클레이튼 커셔의 손끝에 걸린 공이 낮게 깔려 홈 플레이트 쪽으로 날아갔다.

좌투수인 클레이튼 커셔가 오른쪽 투수판을 밟고 좌타자의 바깥쪽으로 내던지는 공은 어지간한 타자들조차 쉽게 공략하기 어려울 만큼 날카로워 보였다.

만약 타격을 준비했다면 비비 그레고리우스도 이 공을 그대로 넘겨 버렸을 것이다. 하지만 벤치를 통해 그에게 전달된 사인은 번트였다.

분위기를 탄 상태에서 쓸데없이 아웃 카운트를 낭비하지 않을 것이라는 다저스 벤치의 판단을 역으로 이용한 작전이었다.

'가능해!'

바깥쪽으로 흘러나가는 공을 끝까지 지켜본 뒤 비비 그레고리우스가 툭 하고 방망이를 가져다 댔다.

공이 조금만 더 빨랐더라도 방망이가 밀렸겠지만 애석하게도 5회에 들어서면서 클레이튼 커셔의 패스트볼 구속은 90mile/h(≒144.8km/h)에 미치지 못하고 있었다.

따악!

비비 그레고리우스가 정확하게 돌려놓은 공이 3루 라인을 타고 흘렀다. 그 코스가 어찌나 아슬아슬하던지 3루수 데븐 크레이크는 공을 더 지켜보라는 야스마니 그린달의 사인도 무시하고 곧바로 공을 잡아 1루로 내던졌다.

"아웃!"

데븐 크레이크의 정확한 송구 덕분에 비비 그레고리우스는 1루에서 아웃이 되었다. 하지만 그 과정에서 로비 래프스나이더와 브라이언 리는 한 루씩 진루를 마친 상태였다.

─클레이튼 커셔, 또다시 1사 2, 3루의 위기에 처합니다.

─다음 타자가 앞선 타석에서 좋은 타구를 날렸던 제이크 햄튼인데요.

─제이크 햄튼을 거른다 해도 그다음에는 그린 버드가 기다리고 있습니다.

─그리고 그다음 타자는 오늘 유일하게 2안타를 때려낸 더스티 애클리죠.

─클레이튼 커셔, 제이크 햄튼을 반드시 잡아내야 합니다.

─최악의 경우 한 점은 내준다는 각오로 피칭에 임하는 게 좋을 것 같습니다.

콕스 TV 중계진이 긴장감을 높였다. 타석에 들어선 제이크 햄튼도 단단히 이를 악물었다.

'커브에 속지 말자. 커브에만 속지 않으면 돼.'

제이크 햄튼은 속으로 주문을 외웠다. 앞선 두 타석에서 허무하게 물러나야 했던 게 전부 클레이튼 커셔의 커브 때문이었다.

첫 타석에서는 클레이튼 커셔의 각 큰 커브를 때려보겠다고 덤벼들었다가 플라이로 물러났다.

로베르토 라엘의 호수비에 걸린 두 번째 타석에서도 클레이튼 커셔의 커브 때문에 타이밍을 제대로 맞추지 못했다.

만약 커브를 의식하지 않고 때려냈다면 지금쯤 양키즈는 최소 두 점은 뽑아냈을 터였다.

'덤벼, 덤비라고.'

제이크 햄튼이 방망이를 움켜 들었다. 하지만 클레이튼 커셔는 올 시즌 20번째 홈런을 눈앞에 두고 있는 제이크 햄튼과 힘 싸움을 하고 싶지 않았다.

"저 녀석, 커브에 약했지."

클레이튼 커셔는 앞선 타석들을 기억해 냈다. 그것은 야스마니 그린달도 마찬가지였다.

'일단 커브로 카운트를 잡자.'

야스마니 그린달이 초구에 바깥쪽 커브를 요구했다. 제이크 햄튼이 우타자인 만큼 바깥쪽에서 백도어성으로 파고드는 커브를 건드리지는 못하리라 판단했다.

클레이튼 커셔도 군말 없이 고개를 끄덕였다. 구심 판정과 제구 난조로 상황이 이 지경까지 몰리긴 했지만 그렇다고 해서 야스마니 그린달의 리드를 탓할 생각은 눈곱만큼도 없었다.

눈으로 2루 주자를 힐끔 바라본 뒤 클레이튼 커셔가 힘차게 투수판을 박차고 나갔다. 그와 동시에 매섭게 휘두른 팔 끝에서 새하얀 공이 대포알처럼 튕겨 나갔다.

후아앗!

아득히 멀게 날아드는 공을 보며 제이크 햄튼은 이를 악물었다. 메이저리그에서 생활하면서 변화구 대처 능력이 눈에 띄게 좋아졌다는 평가를 받고 있지만 그건 어디까지나 평범한 수준의 변화구에 한했다.

클레이튼 커셔의 커브는 메이저리그 커브를 통틀어 최고로 인정받는 구종. 그런 공의 무브먼트와 궤적을 정확하게 포착해 때려내기란 애당초 불가능한 일이었다.

퍼억!

둔탁한 소리와 함께 공이 야스마니 그린달의 미트에 걸렸다. 마지막 순간 오른팔을 잔뜩 끌어당겨서인지 미트는 홈 플레이트의 경계선에 멈춰 있었다.

하지만 구심은 단호하게 고개를 저었다.

"볼."

야스마니 그린달의 프레이밍이 과하다고 본 것이다.

"젠장할."

야스마니 그린달의 입에서 절로 불만이 터져 나왔다. 클레이튼 커셔도 아쉬움보다는 짜증스러운 표정을 지었다.

반면 제이크 햄튼은 죽다 살아난 기분이었다.

"후우……."

제이크 햄튼이 길게 숨을 골랐다. 클레이튼 커셔를 상대로 원 스트라이크로 시작하는 것과 원 볼로 시작하는 건 천지 차이였다.

만약 초구 커브가 스트라이크로 들어왔다면 제이크 햄튼은 스윙을 유도하는 커브를 여러 차례 맛봐야 했을 것이다. 하지만 초구 커브가 볼이 된 이상 커브를 유인구로 쓰기에는 한계가 있었다.

'볼카운트가 불리하긴 하지만 커브를 계속 보여줄 필요는 없어.'

야스마니 그린달도 2구째 커브 대신 슬라이더를 요구했다. 바깥쪽 꽉 차게 들어오는 슬라이더 역시 제이크 햄튼이 쉽게 공략하지 못할 공이었다.

클레이튼 커셔는 이번에도 고개를 끄덕였다. 그리고 야스마니 그린달의 미트를 향해 힘껏 공을 내던졌다.

파앙!

날카로운 포구음과 함께 구심이 오른팔을 들어 올렸다. 야스마니 그린달의 프레이밍을 떠나 공이 충분히 스트라이크 존에 걸쳐 들어왔다고 판단한 것이다.

자연스럽게 볼카운트가 원 스트라이크 원 볼로 바뀌었다.

"크으."

제이크 햄튼은 애써 신음을 되삼켰다. 또다시 바깥쪽 슬라이더가 들어온다 해도 때려낼 자신은 없었지만, 그 사실을 클레이튼 커셔에게 들키고 싶지 않았다.

그러나 야스마니 그린달은 표정만으로도 제이크 햄튼의 속내를 알아챘다.

'놓친 게 아니야. 치지 못한 거야.'

야스마니 그린달은 4구째 다시 한 번 슬라이더로 바깥쪽을 노리기로 마음먹었다. 그리고 사전 작업으로 클레이튼 커셔에게 몸 쪽 커브를 요구했다.

"후우……."

눈으로 주자들을 견제한 뒤 클레이튼 커셔가 빠르게 공을 내던졌다. 와일드한 투구 폼은 꼭 강력한 포심 패스트볼을 내던질 것 같았지만 그의 손끝에서 빠져나온 공은 큰 포물선을 그리며 제이크 햄튼의 몸 쪽을 파고들었다.

"젠장할!"

자신도 모르게 몸이 움찔거렸던 제이크 햄튼이 힘겹게 방망이를 멈춰 세웠다. 이런 어정쩡한 타이밍으로 커브를 건드려본들 좋은 타구가 나오지 않으리라 판단한 것이다.

다행히 방망이는 홈 플레이트를 넘어가지 않았다. 게다가 운도 따랐다.

"볼!"

구심이 커브가 높았다고 판단한 것이다.

"볼이라고요?"

"그래, 볼."

"아까는 잡아줬잖아요."

야스마니 그린달이 억울하다며 항변했다. 클레이튼 커셔가 승부구를 던졌는데 허무하게 볼 판정을 받게 내버려 둘 수가 없었다.

하지만 구심은 눈 하나 까딱하지 않았다.

"헛소리하지 마. 아까도 이 공은 볼이었어."

아울러 구심은 야스마니 그린달에게 주의를 주었다. 프레이밍은 물론 이런 식의 말장난으로 자신의 판정을 뒤흔들려 하지 말라는 경고였다.

"후우……"

제이크 햄튼은 다시 안도의 한숨을 내쉬었다. 클레이튼 커셔의 커브가 전부 스트라이크로 인정됐다면 지금쯤 더그아웃을 향해 몸을 돌려야 했을 것이다.

둘 중 하나만 인정됐더라도 커브볼에 대한 두려움에 제대로 타석에 임하지 못했을 것이다. 그러나 두 개의 공이 전부 볼로 판정되면서 제이크 햄튼도 자신감이 생겼다.

반면 클레이튼 커셔는 제 두 무릎을 붙잡은 채로 분을 삭여야 했다.

"젠장할."

클레이튼 커셔가 힘겹게 몸을 일으켰다. 만약 경기 초반이었다면, 그래서 체력적인 여력이 있었다면 얼마든지 웃고 넘겼을 상황이지만 지금은 도저히 그럴 수가 없었다.

초구는 그렇다 쳐도 이번에 던진 3구는 제대로 제구가 되었다. 그런데도 구심은 볼을 선언했다. 제이크 햄튼의 체격 따위는 신경 쓰지 않는다는 듯이 말이다.

이런 상황에서 제이크 햄튼을 속이기 위해 또다시 커브를 던지기란 쉽지 않았다.

'어쩔 수 없어. 일단은 볼카운트를 바꿔놓아야 해.'

야스마니 그린달이 몸 쪽에 붙는 포심 패스트볼을 요구했다. 욕심 같아서는 한 번 더 커브볼 사인을 내고 싶었지만 지친 기색이 역력한 클레이튼 커셔가 완벽한 공을 던져 줄 것 같지 않았다.

클레이튼 커셔도 이내 고개를 주억거렸다. 전 타석에서 포심 패스트볼에 큼지막한 타구를 허용했던 기억이 아직 남아 있지만, 명색에 사이영상 투수가 신인급 선수를 상대로 도망칠 수는 없는 노릇이었다.

"후우……."

길게 숨을 고른 뒤 클레이튼 커셔가 있는 힘껏 공을 내던졌다. 혹시라도 공이 뜰까 봐 최대한 공을 앞쪽으로 끌고 나왔다. 덕분에 공은 지면에 깔리듯 낮게 홈 플레이트를 향해 날아들었다.

하지만 애석하게도 코스가 나빴다. 몸 쪽 깊숙이 파고들어야 할 공이 홈 플레이트 한복판으로 말려들 듯 날아갔다.

그리고 그 공을 제이크 햄튼은 놓치지 않았다.

따악!

요란한 타격음과 함께 타구가 순식간에 3유간을 꿰뚫었다. 그리고 선상에 붙어 서 있던 좌익수 로베르토 라엘의 옆을 지나 펜스까지 굴러갔다.

로베르토 라엘이 다급히 달려가 공을 잡았지만, 그때는 이미 3루 주자 로비 래프스나이더와 2루 주자 브라이언 리가 홈을 밟은 상태였다.

"크아아아!"

천금 같은 적시타를 때려낸 제이크 햄튼은 2루에 도착한 뒤 두 손을 번쩍 들고 포효했다.

"잘했어! 햄튼!"

"제이크! 바로 그거야!"

양키즈 팬들도 한목소리로 제이크 햄튼을 연호했다.

"후우…… 젠장할."

순식간에 두 점을 내준 클레이튼 커셔가 허탈함을 감추지 못했다. 그런 클레이튼 커셔를 야스마니 그린달이 다가와 위로해 주었다.

그 모습이 중계 카메라를 통해 전국으로 퍼져나갔다.

―아아, 클레이튼 커셔. 고개를 떨어뜨립니다.

―지금껏 잘 던졌습니다만 마지막 위기를 넘지 못하는 모습입니다.

―커브가 연달아 볼 판정이 된 게 아쉬웠는데요.

―초구는 확실히 볼이었습니다. 다만 3구째는 구심이 조금 엄격했다는 생각도 듭니다.

―투 스트라이크 원 볼이 되어야 할 상황이 원 스트라이크 투 볼이 되면서 클레이튼 커셔도 부담스러울 수밖에 없었을 텐데요.

―결국 패스트볼 승부를 걸었던 게 좋지 않은 결과로 이어지고 말았습니다.

―클레이튼 커셔, 아웃 카운트를 두 개 남겨 놓은 상황에서 투구 수가 벌써 89구입니다.

─평소에도 100구 전후로 투구를 해왔던 만큼 이번 이닝이 마지막 이닝이 될 것으로 보이는데요. 문제는 양키즈의 선발 투수가 한정훈이라는 점이겠죠.

─양키즈 스타디움에서 한정훈의 평균 자책점은 경이로울 정도입니다. 거의 점수를 내주지 않았는데요. 양키즈 입장에서는 지금 뽑아낸 두 점으로도 충분히 승리할 수 있다고 여길지 모르겠습니다.

─자이언츠와의 지구 1위 싸움을 떠나 자존심 때문에라도 다저스가 오늘 경기를 이대로 포기할 수는 없을 텐데요.

─그렇기 때문에 데빈 로버츠 감독이 결단을 내릴 가능성도 크다고 생각합니다.

─클레이튼 커셔가 5이닝을 채우지 못하고 강판당하는 흔치 않은 상황이 벌어질지도 모른다는 말씀이시죠?

─제아무리 클레이튼 커셔라 해도 모든 경기에서 잘 던질 수는 없는 일이니까요. 아쉽지만 다음 경기를 기약하는 편이 나을 것 같습니다.

콕스 TV 중계진은 냉정하게 클레이튼 커셔를 교체해 줘야 한다고 말했다. 2실점을 한 상황에서 지칠 대로 지친 클레이튼 커셔를 계속 마운드에 올려놓는 건 의미가 없다고 단언했다.

데빈 로버츠 감독도 어렵사리 교체 쪽으로 마음을 잡았다. 승패를 떠나 다저스의 영원한 에이스인 클레이튼 커셔가 양 키즈 팬들 앞에서 웃음거리가 되도록 내버려 두고 싶지 않았다.

"불펜에 연락해."

"알겠습니다."

데빈 로버츠 감독의 지시를 받은 밥 그린 벤치 코치가 불 펜에 전화를 넣었다. 그런데 모든 준비가 끝났다던 카임 가 르시아 코치가 이제 와 딴소리를 늘어놓았다.

─그게…… 시간이 조금 더 필요합니다.

"시간이라니요? 아직 준비가 안 된 겁니까?"

─설마하니 이렇게 빨리 불펜이 투입될 줄은 몰랐습니다.

카임 가르시아 코치의 말도 안 되는 변명에 밥 그린 코치 는 황당함을 감추지 못했다.

밥 그린 코치가 데빈 로버츠 감독의 불펜 운용에 불만을 느끼고 있다는 사실을 모르지는 않지만. 이토록 중요한 경기 에서 감독의 지시를 가볍게 여길 줄은 몰랐던 것이다.

"미치겠군."

불펜의 사정을 전해 들은 데빈 로버츠 감독은 고개를 절레 절레 흔들어 댔다.

밥 그린 코치가 전화하러 간 사이에 데빈 로버츠 감독은 구심에게는 투수를 교체하겠다는 사인을 낸 뒤였다. 그렇다 보니 인제 와서 클레이튼 커셔의 교체를 번복할 수는 없는 노릇이었다.

"급한 대로 아무나 올리라고 해! 어서!"

데빈 로버츠 감독이 버럭 하고 소리를 내지르고는 마운드에 올랐다. 벌겋게 상기된 얼굴로 마운드를 지키고 있던 클레이튼 커셔는 수고했다는 데빈 로버츠 감독의 한마디에 고개를 떨군 채 더그아웃으로 몸을 돌렸다.

그리고 잠시 후. 불펜에서 로비엘 코튼이 마운드로 달려왔다.

─클레이튼 커셔를 대신해 우완 투수 로비엘 코튼이 올라오는데요.

─그린 버드가 우완 투수를 상대로 상당히 강한 면모를 보이는데 의외의 투수 교체입니다.

─로비엘 코튼의 성적을 살펴봤는데 좌타자를 상대로 결과가 좋지 못했습니다. 피안타율이 3할에 가까운데요.

─데빈 로버츠 감독이 어떤 생각으로 로비엘 코튼을 선택했는지 모르겠지만 글쎄요. 이 위기를 잠재울 수 있을지 확신이 들지 않네요.

콕스 TV 중계진은 예상을 깨고 등장한 로비엘 코튼에게 의문을 구했다. 그건 데빈 로버츠 감독도 마찬가지였다.

"환장하겠군."

로비엘 코튼을 바라보며 데빈 로버츠 감독은 한숨을 내쉬었다. 아무나 올리라고 말하긴 했지만 설마하니 로비엘 코튼이 나올 줄은 생각하지 못한 것이다.

여덟 명이나 되는 불펜 투수 중에 로비엘 코튼이 나온 이유는 한 가지뿐이었다. 불펜 투수 중 준비 시간이 가장 짧았기 때문이다.

그렇다는 건 쓸 만한 불펜 투수들은 아직 몸도 다 풀지 못했다는 의미였다.

'조이 클라이머 부단장을 믿고 까부는 모양인데 LA로 돌아가면 가만두지 않겠어.'

데빈 로버츠 감독은 카임 가르시아 코치에 대한 분노를 힘겹게 억눌렀다. 그리고 로비엘 코튼에게 공을 넘겨주며 어깨를 두드렸다.

"어떻게든 막아. 더 이상의 실점은 안 돼."

"아, 네. 알겠습니다."

"그린달을 믿고 던져. 네 패스트볼은 좋으니까 쉽게 얻어맞지 않을 거야."

"실망시켜 드리지 않겠습니다!"

로비엘 코튼은 씩씩하게 대답했다. 순식간에 두 점을 내주고 바로 등 뒤에 주자까지 있는 상황이었지만 전혀 신경 쓰지 않는 듯한 표정이었다.

"그래, 믿어보지."

데빈 로버츠 감독이 씁쓸히 웃으며 더그아웃으로 돌아갔다. 그리고 밥 그린 코치에게 최대한 빨리 다른 투수를 준비하라고 일렀다.

"10분이면 된다고 합니다."

밥 그린 코치가 불펜으로부터 답을 들고 왔다.

10분.

짧지 않은 시간이었지만 승부를 최대한 길게 끌고 간다면 더 이상의 추가 실점 없이 이닝을 마무리 지을 수 있을 것 같았다.

"그린 버드와의 승부는 피해. 최대한 시간을 끌면서 거르라고."

데빈 로버츠 감독은 4번 타자 그린 버드보다 5번 타자 더스티 애클리 쪽으로 승부의 초점을 맞췄다.

오늘 경기 성적은 그린 버드보다 더스티 애클리가 나았다. 2타수 2안타. 클레이튼 커셔를 제대로 괴롭혔다.

반면 그린 버드는 사사구 1개에 플라이 하나였다. 1타수 무안타. 타격감도 썩 좋아 보이지 않았다.

하지만 그건 어디까지나 경험 많은 클레이튼 커셔를 상대했을 때의 이야기였다. 믿을 구석이라고는 97mile/h(≒156.1㎞/h)의 빠른 공뿐인 로비엘 코튼이라면 패스트볼에 강한 그린버드 쪽이 더 위험해 보였다.

"그렇게 지시하겠습니다."

밥 그린 코치가 데빈 로버츠 감독을 대신해 야스마니 그린달에게 사인을 전했다.

'더 이상 추가점을 내주지 않는 게 중요하니까.'

야스마니 그린달은 벤치의 판단을 존중했다. 로비엘 코튼의 승부욕을 잘 활용한다면 그린 버드라는 큰 산을 넘을 가능성도 없지 않았지만, 그 반대의 경우도 염두에 둘 수밖에 없었다.

'일단 바깥쪽으로 패스트볼을 하나 보여주자.'

야스마니 그린달이 그린 버드에게서 멀찍이 미트를 움직였다. 로비엘 코튼이 던질 수 있는 공은 포심 패스트볼과 슬라이더, 그리고 체인지업이었다.

그중 쓸 만한 건 역시나 포심 패스트볼. 슬라이더는 빠르지만 무브먼트가 밋밋했고 체인지업은 장타를 허용하는 빈도가 높았다.

만약 벤치에서 싸우라는 지시가 내려왔다면 패스트볼을 승부구로 사용해야겠지만 걸러도 좋다는 사인이 나온 만큼 굳이 초구부터 얻어맞을 가능성이 큰 변화구를 던져 줄 필요는 없다고 판단했다.

하지만 메이저리그 데뷔 이후 처음으로 2점 차 승부처에서 마운드에 오른 로비엘 코튼은 야스마니 그린달의 사인을 제멋대로 해석해 버렸다.

"그러니까 바깥쪽 스트라이크로 기선을 제압하자 이거지?"

로비엘 코튼이 씩 웃었다. 그리고는 완전히 빠진 야스마니 그린달의 미트를 대신해 스트라이크존 한복판을 겨냥하며 힘껏 공을 내던졌다.

후아앗!

바람 소리와 함께 튕겨 나간 공은 생각 이상으로 빠르고 위협적이었다. 등판 때마다 실점하지 않는 경우가 없었지만 그래도 로비엘 코튼이 꿋꿋이 다저스 불펜에서 살아남은 이유를 보여주는 것 같았다.

그러나 애석하게도 타석에 서 있는 건 그린 버드였다.

"어딜!"

포심 패스트볼이 거의 한복판으로 몰려 들어오자 그린 버드는 지체하지 않고 방망이를 내돌렸다. 다른 구종이었다면 초구를 지켜봤겠지만 패스트볼 실투는 그냥 넘겨줄 마음이 없었다.

따악!

묵직한 소리와 함께 홈 플레이트로 날아들던 공이 방향을 바꾸어 외야로 뻗어 나갔다. 그리고 그 공을 좌익수 로베르토 라엘이 미친 듯이 뒤쫓기 시작했다.

하지만 제대로 힘이 실린 타구는 다이빙 캐치까지 시도한 로베르토 라엘을 외면한 채 기어코 펜스까지 굴러갔다. 그사이 2루 주자 제이크 햄튼은 홈인. 발이 느린 그린 버드도 3루까지 살아 들어갔다.

─제이크 햄튼! 홈으로 들어옵니다. 스코어 3 대 0! 양키즈 타자들이 5회를 불태우기 시작합니다!

─그린 버드의 주루 플레이도 정말 좋았죠? 2루타성 타구로 3루까지 내달렸습니다. 덕분에 더스티 애클리도 한결 가벼운 마음으로 타석에 임할 수 있게 됐습니다.

─로베르토 라엘의 수비는 좀 아쉬움이 남습니다. 지금까지 좋은 수비를 여러 차례 보여줬습니다만 이번 타구는 솔직히 어려워 보였거든요.

─그린 버드의 느린 발을 고려했을 겁니다. 대시를 포기해도 2루타고 공이 뒤로 빠져도 2루타라고 생각했겠죠. 하지만 중견수 제런 맬기스의 백업 플레이가 좋지 않았고 덕분에 그린 버드는 모두의 예상을 뒤엎고 3루까지 내달릴 수 있었습

니다.

　양키즈 중계진은 흥분으로 들썩거렸다. 양키즈 스타디움
도 관중들의 환호성에 귀가 먹먹해질 지경이었다.

　그 속에서 로비엘 코튼은 절망에 빠져 있었다. 설마하니
자신의 포심 패스트볼이 이토록 쉽게 통타를 당할 줄은 예상
하지 못한 얼굴이었다.

　"어떻게 할까요?"

　밥 그린 코치가 걱정스러운 얼굴로 데빈 로버츠 감독을 바
라봤다. 카임 가르시아 코치는 10분을 달라고 말했다. 하지
만 지금 분위기로는 10분은커녕 더스티 애클리도 상대하지
못할 것 같았다.

　"후우……."

　데빈 로버츠 감독은 그저 한숨만 나왔다. 그린 버드를 어
렵게 상대하면서 5분 정도를 버텨볼 생각이었는데 로비엘 코
튼이 초구에 적시타를 얻어맞으면서 애써 짜놓은 불펜 운용
자체가 무의미하게 변해버렸다.

　'과연…… 이길 수 있을까.'

　데븐 로버츠 감독은 확신이 서질 않았다.

　2 대 0과 3 대 0.

고작 한 점 차이로 보일지 몰라도 느껴지는 중압감은 전혀
달랐다.

데븐 로버츠 감독의 시선이 양키즈 더그아웃 쪽으로 향했
다. 정확하게는 한가롭게 물을 마시고 있는 한정훈을 바라
봤다.

한정훈을 상대로 다저스 타자들이 뽑아낸 안타는 단 하나
뿐이었다. 그리고 그 대상은 본 헤드성 플레이로 인해 교체
된 상태였다. 이런 상황에서 3점의 점수 차이를 따라잡겠다
고 불펜을 소비하기란 쉽지 않았다.

그때였다.

따악!

둔탁한 소리와 함께 타구가 외야 쪽으로 뻗어 나갔다.

"못 들어와!"

밥 그린 코치가 까치발을 들고 타구를 지켜봤다. 로비엘
코튼의 힘에 눌려서인지 더스티 애클리의 타구는 생각보다
멀리 뻗어 나가지 못했다.

3루 주자 그린 버드가 테그 업 플레이를 준비했지만 실제
로 홈으로 달려들어 올 가능성은 작아 보였다.

하지만 정작 공이 로베르토 라엘의 글러브 속으로 빨려 들
어가기가 무섭게 3루 주자 그린 버드는 홈을 향해 내달렸다.

당황한 로베르토 라엘이 있는 힘껏 공을 내던졌지만, 경험

이 부족해서인지 송구는 포수석 오른편으로 크게 치우쳐 버렸다.

－그린 버드! 부지런히 달려서 팀에 귀중한 한 점을 보탰습니다.

－무릎 부상 이후로 주력이 예전만 못할 텐데요. 팀을 위해 최선을 다하는 모습이 프로다워 보입니다.

－반면 로베르토 라엘은 이번에도 아쉬운 수비를 보여줬습니다.

－그린 버드가 뛸 줄은 몰랐던 모양이죠? 어쨌든 송구가 상당히 벗어나면서 그린 버드의 득점을 지켜볼 수밖에 없었습니다.

－말 그대로 만약이지만 저 자리에 계속해서 야셀 푸이그가 있었다면 어땠을까요?

－하하, 글쎄요. 이번 송구만 놓고 보자면 야셀 푸이그가 그리워질지도 모르겠습니다.

콕스 TV 중계진은 강견으로 이름 높은 야셀 푸이그라면 그린 버드가 감히 홈으로 뛰어들어 오지는 못했을 것이라고 단언했다.

물론 그 전에 여러 개의 타구를 놓치며 실점에 기여했겠지만 적어도 이 순간만큼은 야셀 푸이그의 빈자리가 크게 느껴진다고 인정했다.

하지만 정작 야셀 푸이그의 공백은 수비가 아니라 공격에서 더 크게 느껴졌다.

길었던 5회 말 공격은 6번 타자 메스 윌리암스의 2루수 앞 땅볼로 끝이 났다.

4 대 0.

넉 점의 리드 속에서 마운드에 오른 한정훈은 저스트 터너를 3루수 앞 땅볼로 유도한 뒤 야스마니 그린달과 헨리 에르난데스를 연속 삼진으로 돌려세우고 이닝을 마쳤다.

한정훈의 호투에 로비엘 코튼도 자극을 받았다. 한정훈에 이어 마운드에 오른 로비엘 코튼은 양키즈의 7, 8, 9 하위 타선을 전부 범타로 돌려세우며 양키즈의 흐름을 끊어놓았다.

"언제까지 이렇게 끌려다닐 거야?"

"다들 정신 차려! 한정훈이라고 별거 없어!"

오랜만에 수비를 짧게 끝마친 다저스 선수들은 공격에 앞서 서로를 독려했다. 설사 오늘 경기에서 이기지 못하더라도 다저스다운 모습을 보여줄 필요가 있다며 분위기를 다잡았다.

그리고 그 효과는 곧바로 나타났다.

따악!

1번 타자 제런 맬기스가 한정훈의 초구 체인지업을 잡아 당겨 1, 2루 간을 꿰뚫었다. 패스트볼 위주의 투구 패턴을 바꾸기 위해 아담 앤더슨이 초구에 체인지업을 요구했는데 그걸 제런 맬기스가 놓치지 않은 것이다.

　-한정훈, 오늘 경기에서 처음으로 선두 타자를 출루시킵니다.

　-제런 맬기스, 노림수가 좋았어요. 한정훈의 체인지업만 노리고 타석에 들어선 느낌입니다.

　-이제 제런 맬기스를 스코어링 포지션에 보내야 할 텐데요.

　-단독 도루는 위험합니다. 아담 앤더슨의 도루 저지 능력도 준수하지만, 무엇보다 한정훈의 견제 능력이 좋습니다.

　-이미 야셀 푸이그가 한정훈을 흔들려고 했다가 당하고 말았죠.

　-데빈 로버츠 감독이 어떤 결정을 내릴지가 중요합니다. 이번 기회를 통해 넉 점의 점수 차이를 뒤집으려 한다면 강공을 주문하겠지만 일단 한 점을 따라붙고 분위기를 바꾸겠다면 번트 작전을 낼 가능성도 없지 않습니다.

잠시 이어졌던 투수전 양상이 깨지면서 콕스 TV 중계진들의 목소리가 높아졌다. 그사이 다저스의 2번 타자 마이크 존슨이 타석에 들어왔다.

"후우……."

마이크 존슨의 입에서 긴 한숨이 흘러나왔다.

벤치에서 낸 사인은 기습 번트. 1루 주자 제런 맬기스를 2루로 보낸 뒤 가능하면 자신도 살아보라는 이야기였다.

하지만 1루수 그린 버드와 3루수 마르쿠스 키엘의 움직임을 봤을 때 기습 번트가 성공할 가능성은 턱없이 낮아 보였다.

'일단 주자부터 보내자.'

마이크 존슨은 기습보다 번트에 초점을 맞췄다. 덕분에 한정훈이 내던진 몸 쪽 꽉 찬 포심 패스트볼을 3루 쪽으로 돌려놓을 수가 있었다.

재빨리 타구를 향해 달려든 마르쿠스 키엘은 2루를 포기한 채 1루에 공을 던져 타자 주자를 잡아냈다.

1사 주자 2루.

오늘 경기 처음으로 다저스가 득점 기회를 잡았다.

그러나 정작 데빈 로버츠 감독은 기분이 좋지 않았다. 3번 타자가 다름 아닌 로베르토 라엘이었기 때문이다.

데빈 로버츠 감독이 마이크 존슨에게 기습적인 번트를 지시한 건 살아 나가라는 주문이었다. 하지만 정작 마이크 존 슨은 데빈 로버츠 감독의 속내를 제대로 파악하지 못했다.

그래서 당당하게 번트를 댔고 당당하게 죽었다. 3번 타자가 로베르토 라엘이라는 사실을 간과하듯 말이다.

"어떻게 할까요?"

밥 그린 벤치 코치가 조심스럽게 물었다.

1사 주자 2루다. 오늘 경기 처음으로 잡은 기회를 로베르토 라엘에게 맡겼다간 무산될 가능성이 컸다.

로베르토 라엘의 수비력은 나무랄 데가 없지만, 공격력은 중심 타선을 치기에 역부족이었다. 올 시즌 타율도 1할대 후반에 불과했다. 게다가 찬스에 약했다. 득점권 타율은 1할에도 미치지 못했다.

여기서 로베르토 라엘이 허무하게 죽어버리면 4번 타자 코일 시거의 부담감이 커질 수밖에 없었다.

"여기서 바꾸자고?"

데빈 로버츠 감독이 밥 그린 코치를 바라봤다. 그 역시 이 기회를 살려야 한다는 사실을 모르지 않았다. 하지만 로베르토 라엘을 대신해 좌익수 자리를 지킬 만한 선수가 없다는 게 문제였다.

다저스의 25인 로스터 중 외야수이거나 외야 수비가 가능한 선수는 다섯이었다. 그중 제런 맬기스와 야셀 푸이그, 헨리 에르난데스가 주전이었고 로베르토 라엘과 브라이언 샘슨이 백업 멤버였다.

만약 여기서 로베르토 라엘을 교체한다면 브라이언 샘슨을 대수비로 출전시킬 수밖에 없었다.

문제는 브라이언 샘슨의 수비력이다. 수비 능력보다는 타격적인 재능으로 25인 로스터에 포함된 브라이언 샘슨에게 로베르토 라엘만큼의 수비를 기대하기란 불가능했다.

게다가 브라이언 샘슨은 마이너리그에서 줄곧 우익수로만 뛰었다. 구단에서 몇 차례 좌익수 쪽으로 옮기려 했지만, 선수 본인이 불편함을 호소하고 있었다.

그렇다고 브라이언 샘슨을 우익수에 넣고 우익수를 보고 있는 헨리 에르난데스를 좌익수로 옮기는 것도 쉽지 않았다. 헨리 에르난데스 역시 좌익수보다 우익수를 선호하고 있기 때문이다.

"대타를 쓰면 수비는 어떻게 할 건데?"

데빈 로버츠 감독이 짜증스럽게 말했다. 본래 계획은 흔들리는 한정훈을 상대로 마이크 존슨이 기가 막힌 기습 번트 안타를 성공시켜 주는 것이었다.

그럼 3번 타순에 들어온 로베르토 라엘을 교체 없이 번트 작전에 활용한 뒤 4번 코일 시거와 5번 라몬 곤잘레스 타석에서 추격점을 기대할 수 있었다.

하지만 마이크 존슨이 희생 번트로 물러나면서 모든 계획이 물거품이 되고 말았다.

"하아, 알겠습니다."

오늘 경기에서 처음으로 의욕을 불태웠던 밥 그린 코치가 이내 한숨을 내쉬고 물러났다. 그리고 얼마 지나지 않아 로베르토 라엘은 3구 삼진을 당하고 더그아웃으로 돌아왔다.

"후우, 젠장할."

뒤이어 타석에 들어선 코일 시거는 어깨가 무거웠다.

2사에 주자 2루.

팀의 첫 득점을 위해서라도 최소한 안타를 때려내야 하는 상황이었다.

그러나 애석하게도 코일 시거의 머릿속에는 앞선 두 타석에서 당한 잔상이 남아 있었다. 그것도 평소 자신 있던 패스트볼에 농락당했으니 한정훈의 공이 두렵기만 했다.

아담 앤더슨은 그런 코일 시거의 심리를 적극적으로 이용했다.

'여기서 괜히 체인지업을 던졌다가 안타 맞으면 기분만 나쁘니까 패스트볼로 가자. 아직 정훈은 힘이 넘치니까.'

7회가 진행되는 시점에서 한정훈의 투구 수는 52구에 불과했다. 안타를 하나 허용했지만, 견제구로 잡아냈고 세 차례 번트가 나오면서 투구 수를 대폭 아낄 수 있었다.

80구 이후로 체력 관리에 들어가는 한정훈의 성격상 53번째 공의 위력이 특별히 떨어질 것 같지도 않았다.

'좋아, 일단 하나 붙여넣자.'

아담 앤더슨이 몸 쪽으로 미트를 붙였다. 한정훈도 동의하듯 단단히 고개를 끄덕였다.

후아앗!

한정훈의 손끝을 빠져나간 공이 곧장 코일 시거의 무릎 쪽으로 날아갔다.

"윽!"

코일 시거가 반사적으로 뒷걸음질을 쳤다. 그러나 공은 스트라이크존을 아슬아슬하게 지나 아담 앤더슨의 미트 속에 파묻혔다.

"스트라이크."

구심이 가볍게 오른팔을 들어 올렸다. 코일 시거가 깊었다는 표정을 지었지만, 그 어필은 받아들여지지 않았다.

'젠장, 체인지업이 들어올 때가 됐는데…….'

길게 숨을 고르며 코일 시거는 마지못해 방망이를 들어 올렸다. 그가 노리는 공은 체인지업. 제런 맬기스가 안타를 때려낸 바로 그 구종이었다.

타순이 두 바퀴 돈 이후로 한정훈의 변화구 구사 비율이 높아지는 만큼 체인지업을 노리는 것도 나쁘지 않았다.

하지만 한정훈의 포심 패스트볼에 좀처럼 타이밍을 맞추지 못하는 코일 시거를 상대로 아담 앤더슨은 굳이 체인지업을 요구하는 친절을 베풀 생각이 없었다.

'이번에는 바깥쪽으로.'

아담 앤더슨이 미트를 바깥쪽으로 움직였다.

구종은 J-스플리터. 좌타자들에게 승부구로 자주 던지는 공이었다.

사인을 확인한 한정훈도 가볍게 고개를 끄덕였다. 체인지업만 들어오라고 고사를 지내고 있는 코일 시거가 J-스플리터에 어떤 반응을 보일지 궁금해졌다.

"후우……."

길게 숨을 고르며 한정훈이 슬쩍 2루 쪽으로 고개를 돌렸다. 그러자 2루 주자 제런 맬기스가 움찔 놀라며 2루 베이스 쪽으로 걸음을 옮겼다. 4회에 야셀 푸이그가 무리하게 리드하다 죽은 걸 잊지 않은 모양이었다.

피식 웃으며 한정훈은 다시 홈 플레이트 쪽으로 고개를 돌렸다. 그리고 코일 시거가 리듬을 타다 주춤하는 순간을 노려 곧바로 투수판을 박차고 나갔다.

후아앗!

한정훈의 손끝을 빠져나간 공이 한복판을 지나 바깥쪽으로 흘러나갔다. 그러자 코일 시거가 자신도 모르게 방망이

를 내돌렸다. 공이 꼭 한가운데로 몰린 것처럼 보였기 때문
이다.

그러나 마지막 순간에 꼬리를 말고 휘어져 나간 공은 코일
시거의 방망이를 지나 그대로 아담 앤더슨의 미트 속을 파고
들었다.

퍼엉!

묵직한 포구음이 코일 시거의 귓불을 때렸다.

"스트라이크!"

뒤이어 구심이 코일 시거의 얼굴을 와락 일그러뜨려 놓
았다.

−코일 시거의 방망이가 허무하게 허공을 가릅니다.

−벌써 투 스트라이크인데요. 코일 시거가 절대적으로 불
리한 상황입니다.

−4번 타자로서 적시타를 때려줘야 할 텐데요.

−솔직히 쉽지 않아 보입니다. 원래 좋은 투수였지만 오늘
의 한정훈은 좀처럼 빈틈이 보이질 않습니다.

콕스 TV 중계진이 걱정하는 가운데 3구 승부가 이어졌다.

아담 앤더슨의 선택은 몸 쪽 체인지업.

코일 시거가 그토록 기다리던 공이었다.

사인을 확인한 한정훈은 포심 패스트볼을 던지듯 힘껏 공을 내던졌다.

후앗!

바람 소리와 함께 날아든 공이 정확하게 코일 시거의 몸쪽을 파고들었다.

하지만 코일 시거는 제 타이밍에 방망이를 내밀지 못했다. 투 스트라이크로 몰린 상황에서 포심 패스트볼에 대처하느라 생각보다 빨리 방망이를 휘둘렀다.

따악!

요란한 소리와 함께 타구가 1루 측 관중석에 떨어졌다. 그 모습을 지켜보던 다저스 중계석에서 탄식이 터져 나왔다.

―아아, 코일 시거. 아쉬운 타구입니다.

―조금만 기다렸더라도 장타로 이어질 수 있었을 텐데 파울이 되고 맙니다.

―그래도 코일 시거, 한정훈을 상대로 물러섬이 없는 모습을 보여주고 있습니다.

―괜히 다저스의 4번 타자가 아니니까요. 아마 한정훈도 이번 공은 쉽게 던지지 못할 겁니다.

다저스 중계진은 코일 시거의 큼지막한 타구에 한정훈도

긴장할 수밖에 없을 것이라고 단언했다. 그러나 정작 심리적으로 흔들린 건 한정훈이 아니라 코일 시거였다.

'젠장! 젠장! 그걸 때려냈어야 했는데……!'

코일 시거는 질근 입술을 깨물었다. 투 스트라이크에 몰리는 상황에서도 체인지업이 들어오기만을 내심 기다리고 있었는데 그걸 때려내지 못했다는 사실이 코일 시거를 맥 빠지게 만들어 버렸다.

그런 코일 시거를 힐끔 쳐다본 뒤 아담 앤더슨은 한정훈을 향해 손가락을 네 개 펴 보였다.

너클 커브.

한정훈의 입에서 헛웃음이 터져 나왔다.

"요새 들어 점점 대담해지는데?"

한정훈은 일단 투수판에서 발을 풀고 로진백을 주물렀다. 패스트볼과 체인지업. 지금 코일 시거의 머릿속에 이 두 구종밖에 없다고 생각했을 때 나쁘지 않은 볼 배합이었다.

하지만 주자를 2루에 둔 상황에서 다소 위험할 수도 있는 요구였다. 만에 하나 코일 시거가 너클 커브에 대처해 빗맞은 안타라도 때려낸다면 빠르게 스타트를 끊을 2루 주자가 그대로 홈을 밟게 될지 몰랐다.

"후우……."

잠시 숨을 고른 뒤 한정훈이 다시 투수판을 밟았다. 그러자 아담 앤더슨이 또다시 손가락을 네 개 펴냈다.

달라진 게 있다면 코스.

처음에는 스트라이크를 요구했지만, 이번에는 볼이었다. 바운드가 되어도 좋으니 낮게 떨어지는 공을 주문한 것이다.

"그래, 코일 시거를 너무 무시하는 것도 좋지 않아."

한정훈이 피식 웃으며 고개를 끄덕였다. 쥐도 궁지에 몰리면 고양이를 문다고 했다. 앞선 두 타석에서 삼진을 잡아냈다고 4번 타자인 코일 시거의 능력까지 무시할 수는 없는 노릇이었다.

다시 한 번 길게 숨을 고른 뒤 한정훈은 홈 플레이트를 향해 힘차게 몸을 내던졌다.

후앗!

한정훈의 손끝을 빠져나간 공이 느릿하게 코일 시거의 몸 쪽으로 날아들었다.

뒤늦게 구종을 알아챈 코일 시거가 있는 힘껏 방망이를 휘둘러 봤지만, 마지막 순간에 뚝 하고 떨어진 공은 홈 플레이트 앞쪽에서 바운드 되어 아담 앤더슨의 포수 마스크를 강타했다.

"어디? 어디야?"

잠시 공을 놓친 아담 앤더슨이 마스크를 벗고 호들갑을 떨었다. 그러다 멀지 않은 곳에 멈춰 서 있는 공을 발견하고는 가슴을 쓸어내렸다.

다행히 코일 시거도 1루로 달리지 않았다. 4구째 너클 커브가 들어왔다는 사실이 충격을 받은 모양이었다.

아담 앤더슨은 공을 잡고 1루로 내던졌다. 코일 시거에게 직접 태그를 할 수도 있지만, 왠지 그래서는 안 될 것 같은 기분이 들었다.

퍼엉!

1루수 그린 버드가 아담 앤더슨의 송구를 받으며 세 번째 아웃 카운트가 올랐다.

그렇게 승리의 여신은 다저스를 끝내 외면해 버렸다.

다저스 타자들이 잠시 한정훈을 힘겹게 한 것에 짜증이 난 것일까. 양키즈 타자들은 7회 말 공격에서 기어코 로비엘 코튼을 무너뜨렸다.

장단 7개의 안타로 5득점. 경기를 완전히 양키즈 쪽으로 끌고 왔다.

9 대 0.

어지간해서는 결코 뒤집힐 것 같지 않은 상황에서 한정훈은 남은 두 이닝을 책임졌다.

콕스 TV 중계진은 한정훈이 필요 이상으로 고생하는 것 같다고 걱정했지만 정작 한정훈은 자신에게 주어진 여섯 개의 아웃 카운트 중 네 개를 삼진으로 돌려세우며 경기를 즐겼다.

9이닝 2피안타 19K 무실점 완봉승.

시즌 25승째를 챙긴 한정훈이 당당히 MVP로 선정됐다.

반면 5이닝을 채우지 못하고 물러난 클레이튼 커셔는 콕스 TV 홈페이지에서 진행된 최악의 플레이어 2위로 꼽혔다.

본 헤드 플레이로 기회를 날린 야셀 푸이그가 3위, 4번 타자로 제 역할을 다하지 못한 코일 시거가 4위를 기록했다.

그리고 1위는 다저스의 감독, 데빈 로버츠의 몫이었다.

한정훈과 클레이튼 커셔 간의 맞대결은 기대 이하라는 평
가가 많았다.

　ㄴ솔직히 완전 실망. 클레이튼 커셔도 이제 내리막인 듯.
　ㄴ커셔야 작년부터 내리막이었지. 올해 성적도 그저 그런
정도잖아.
　ㄴ지금 사이영상을 다섯 번이나 수상한 투수 무시하는
거냐?
　ㄴ나도 오늘 대결 지켜보기 전까진 그래도 클레이튼 커셔
인데 했거든? 하지만 글쎄. 이젠 잘 모르겠다.
　ㄴ이게 다 한정훈이 잘나서 그래.

┗시끄럽고 전성기 찍고 내리막 타는 투수하고 이제 막 전성기 오른 투수하고 비교하는 게 말이 되냐?

┗누가 한정훈이 전성기래? 한정훈 아직 전성기 아니거든?

┗맞아. 한정훈은 이제 시작이라고.

고작 한 번의 대결로 승패를 운운할 수는 없다는 의견이 적지 않았지만 야구팬들은 일단 한정훈의 판정승을 선언했다.

클레이튼 커셔가 7회까지만 버텨줬어도 이야기는 달랐겠지만 5이닝조차 채우지 못하고 물러난 상황에서 제아무리 사이영상 투수라 해도 좋은 소리를 듣긴 어려웠다.

[한정훈, 클레이튼 커셔를 정상의 자리에서 끌어내리다.]

[뜨는 태양 한. 클레이튼 커셔를 저물게 만들다.]

[뉴욕의 에이스 한정훈, 메이저리그 최고 투수의 자리를 넘본다.]

[클레이튼 커셔 잡고 25승 달성한 한정훈, 사이영상 수상 확실시.]

대부분 언론도 한정훈과 클레이튼 커셔의 맞대결 소식을 타이틀로 다뤘다.

한정훈과 클레이튼 커셔가 모두의 기대처럼 명품 투수전을 선보였다면 더 좋았겠지만, 한정훈이 클레이튼 커셔의 명성에 커다란 흠집을 냈다는 사실만으로도 이슈가 되기에는 충분했다.

"한정훈 선수, 뉴스 보셨습니까?"

"무슨 뉴스요?"

"요새 언론사마다 한정훈 선수가 아메리칸리그 사이영상을 받을 거라고 말하고 있습니다."

한정훈의 담당 매니저인 김상엽 팀장이 웃으며 말했다. 자신이 관리하는 선수가 메이저리그 진출 1년 만에 메이저리그에 우뚝 서게 됐다는 사실이 실감이 나지 않는 모양이었다.

"아직 몰라요. 너무 좋아하진 마세요."

한정훈은 피식 웃었다. 언론은 물론이고 양키즈 구단과 주변 선수들까지 아메리칸리그 사이영상은 떼 놓은 당상이라고 말하고 있지만, 결과는 지켜봐야 했다.

아직까지 특별히 메이저리그 기자들의 눈 밖에 난 적이 없지만, 그들 중 누군가는 아시아 출신 투수의 데뷔 시즌 사이영상 수상을 부정적으로 여길지도 모를 일이었다.

"그보다는 이번 원정 4연전이 걱정이에요."

한정훈이 냉큼 말을 돌렸다. 자신을 제외한 팀원들이 보스턴 원정을 떠난 상태인데 한가롭게 사이영상을 운운하며 여유를 부리고 싶진 않았다.

그러자 김상엽 팀장이 걱정할 것 없다며 말을 받았다.

"쉽지 않은 경기가 되겠지만 그래도 반타작은 하겠죠."

"그렇겠죠?"

"네, 하리모토 쇼타 선수의 컨디션이 좋으니까 한 경기는 잡을 수 있을 거 같고요. 나머지 세 경기에서 한 경기 정도는 더 잡을 테니까요."

메이저리그 최고의 선수를 뒷바라지하면서 반쯤 야구 전문가가 됐지만, 김상엽 팀장은 단언하는 법이 없었다. 늘 그래 왔듯이 본인의 생각과 돌아가는 분위기에 비추어 그럴듯한 추론으로 마무리했다.

하지만 한정훈은 김상엽 팀장의 판단에 어느 정도 공감이 갔다.

당장 오늘 등판하는 하리모토 쇼타의 상대는 3선발 조 케인리. 레드삭스의 상승세와 더불어 10승을 돌파하긴 했지만 최근 들어 페이스가 주춤한 상태였다.

양키즈 언론은 대놓고 승리를 장담했고 보스턴 언론에서도 첫 경기는 쉽지 않을 것이라는 의견이 많았다.

한정훈도 첫 경기에서는 하리모토 쇼타가 무난하게 승리를 따내 줄 것이라고 기대했다.

문제는 남은 경기였다. 손가락 물집 부상 이후 좀처럼 시즌 초반의 구위를 회복하지 못하고 있는 다나카 마스히로가 레드삭스 4선발 에딘 에스코바를 상대로 승리를 따내 준다면 그나마 한숨 돌리겠지만 그렇지 못할 경우 시리즈가 꼬일 수 있었다.

이번 시리즈에 들어가면서 레드삭스는 5선발 릭 퍼셀로를 빼고 1, 2선발을 내세우겠다고 선언했다.

양키즈와 달리 중간에 이동일이 끼면서 지난 시리즈 마지막에 등판했던 에두아르 로드리게스와 데이브 프라이스를 하루씩 당겨쓰는 게 가능해진 것이다.

덕분에 최근 상승세였던 4선발 테너 제이슨은 레드삭스의 젊은 에이스 에두아르 로드리게스를 상대하게 됐다며 울상을 지었다.

반면 5선발 루이스 세자르는 반쯤 체념한 표정이었다. 본래 맞상대 예정이었던 에두아르 로드리게스나 새로운 맞상대인 데이브 프라이스나 부담스러운 건 마찬가지였기 때문이다.

양키즈 언론은 내심 3승 1패, 위닝 시리즈를 꿈꿨다. 하리모토 쇼타와 다나카 마스히로가 승리를 거두고 테너 제이슨이나 루이스 세자르가 한 경기만 잡아준다면 충분히 가능성이 있다는 것이었다.

하지만 이번 시리즈를 바라보는 주변 언론들은 양키즈에

게 쉽지 않은 시리즈가 될 것이라고 예견했다.

기대 성적은 1승 3패.

하리모토 쇼타가 등판하는 첫 경기를 제외하고 레드삭스의 승리를 예상한 것이다.

덕분에 몇몇 지역 언론은 조지 지라디 감독의 선발 로테이션이 도마 위에 올랐다. 한정훈에게 하루 더 휴식일을 준 뒤에 레드삭스와의 마지막 경기에 등판시켰어야 했다는 것이다.

그러나 조지 지라디 감독은 자신에 대한 흔들기에 단호하게 대처했다.

"한정훈이 마지막 경기를 잡아준 덕분에 다저스와의 3연전을 모두 이길 수 있었습니다. 만약 한정훈이 클레이튼 커셔와의 맞대결에서 이겨주지 않았다면 레드삭스와의 경기 차이가 지금처럼 좁혀지지도 않았을 겁니다."

현재까지 85승 62패를 기록 중인 양키즈는 레드삭스와 3경기 차이를 유지하고 있었다.

다저스와의 시리즈 전까지는 5경기 차이였지만 레드삭스가 지난 시리즈에서 1승 2패를 거두면서 순식간에 두 경기가 좁혀진 상태였다.

그렇다 보니 양키즈 언론들은 내심 지구 1위를 욕심내고 있었다. 시즌 초반부터 레드삭스가 단 한 차례도 양보하지 않았던 아메리칸리그 동부 지구 왕좌를 말이다.

그건 양키즈도 마찬가지였다. 브라이언 캐시 단장을 비롯해 수뇌부 대부분이 이번 시리즈를 통해 기적이 만들어지길 바랐다.

하지만 실제로 그 기적이 이루어질 가능성은 그리 크지 않았다.

2승 2패.

비전문가인 김상엽 팀장의 말처럼 3경기 차이를 유지하는 게 그나마 최선이었다.

"혼자만 이러고 있으려니 좀 미안하네요."

한정훈이 혼잣말처럼 중얼거렸다. 클레이튼 커셔와의 맞대결에서 승리한 포상으로 뉴욕에서의 휴식이 주어졌지만, 선수단과 함께하는 게 나았을지 모른다는 생각이 들었다.

그러나 김상엽 팀장은 미안할 게 전혀 없다는 입장이었다.

"양키즈 구단은 물론이고 코칭스태프와 선수들, 심지어 팬들까지 한정훈 선수가 충분히 휴식을 취하길 원하고 있습니다. 그러니 이런 특별대우에 민감하게 반응하실 필요는 없습니다. 오히려 당연하게 즐기세요. 한정훈 선수는 이제 좀 그러셔도 됩니다."

한국에 있을 때도 한정훈은 에이스로서의 특별대우를 달가워하지 않았다. 주변에서 챙겨주는 것들도 마지못해 누리는 경우가 많았다. 그래서 스톰즈 선수들은 물론이고 팬들조차 나이 어린 한정훈을 팀의 대들보로 인정했다.

하지만 메이저리그에 와서도 한국에서처럼 굴어서는 곤란했다. 메이저리그는 실력에 따라 대우를 받는다. 만약 한정훈이 그 대우를 거절한다면 다른 주전급 선수들도 한정훈 때문에 온당한 대우를 받기 어려워질지 몰랐다.

게다가 한정훈은 아직 장거리 비행에 익숙하지 않았다. 그리고 이건 단기간에 해결될 문제가 아니었다.

에이스인 한정훈의 1승이 절실한 양키즈 입장에서는 무리해서 한정훈을 원정 경기에 데리고 다닐 이유가 없었다.

한정훈의 등판이 잡혀 있다면 몰라도 한정훈이 등판하지 않는 시리즈라면 당연히 한정훈의 휴식을 최우선으로 생각할 수밖에 없었다.

그리고 그 점에 대해 말 많은 양키즈 언론들조차 현명한 결정이라며 동조하고 있었다. 양키즈 선수 중 누구도 한정훈이 원정 경기에 참여하지 않은 걸 두고 불만을 늘어놓지 않았다.

최근 메이저리그 추세 자체도 장거리 원정 시 등판하지 않는 선발 투수들을 배제하는 경우가 많았다. 특히나 그 투수가 한정훈급이라면 아예 선발 로테이션을 바꿔 홈경기로 돌려주는 경우도 적지 않은 상황이었다.

양키즈 구단 관계자들도 김상엽 팀장을 만날 때마다 한정훈에 대한 칭찬만 늘어놓았다. 에이스인데도 불구하고 까다롭지 않고 희생정신이 투철하다며 가능하면 양키즈에서 은퇴하길 바란다는 말을 약속이나 한 듯 쏟아냈다.

그렇다 보니 김상엽 팀장은 한정훈이 자신에게 주어진 특별대우를 조금 더 당당하기 누리길 바랐다.

"그런데 요새 데이트는 하고 계십니까?"

김상엽 팀장이 넌지시 말을 돌렸다. 그러자 한정훈이 반사적으로 얼굴을 붉혔다.

"그냥 지난번에 잠깐 만나서 밥 한 번 더 먹었어요."

다저스와의 3연전까지 홈 10연전이 잡히면서 한정훈은 김초롱 아나운서와 한 차례 더 식사를 즐겼다. 그러나 한정훈의 사생활을 어느 정도 체크 하고 있던 김상엽 팀장은 처음 듣는다는 표정이었다.

"지난번에요? 언제요? 제가 알기로는 외박하신 기억이 없는데……."

"그러니까 밥만 먹었다고요."

"예에?"

김상엽 팀장이 그게 말이 되냐는 표정을 지었다. 한정훈이 아무리 연애 경험이 없다지만 귀한 시간 쪼개서 데이트를 해놓고 고작 밥만 먹고 왔다는 게 이해가 가질 않았다.

하지만 이미 한 차례 결혼 경험이 있는 한정훈은 좋아하는 여자라고 해서 무작정 호텔로 데려가고 싶지 않았다.

물론 지난밤, 김초롱 아나운서와 근사한 식사를 한 뒤에는 분위기에 취해 김초롱 아나운서를 안고 싶다는 생각이 들긴 했다.

그러나 은연중에 호텔에 가길 바라는 듯한 김초롱 아나운서의 유혹에 정신이 번쩍 들어 생각을 고쳐먹었다.

"아직은…… 잘 모르겠어요."

그날을 생각하며 한정훈이 나직이 중얼거렸다.

"그야 당연하죠. 만난 게 두 번째잖아요."

"물론 그렇긴 한데…… 뭐랄까요. 좀 부담스러워요."

"흠……."

한정훈의 고백에 김상엽 팀장이 묵묵히 고개를 끄덕였다. 한정훈이 무슨 말을 하는지 알 것 같은 느낌이 든 것이다.

한정훈보다 못한 선수들에게도 미녀들의 대시가 끊이지 않는 게 바로 메이저리그였다.

당연히 한정훈도 홈경기 원정 경기 상관없이 수많은 여성에게 시달려야 했다. 그중에는 이름깨나 알려진 할리우드 연예인들도 있었다.

나이도 다양했다. 10대 소녀들부터 40을 바라보는 여성들까지.

한정훈이 메이저리그를 호령하는 그 모습을 통해 침대에서도 뜨거울 것이라는 환상에 사로잡힌 이가 한두 명이 아니었다.

그때마다 한정훈은 정중한 말로 여성들을 물려왔다. 그중에는 한정훈의 가슴을 두근거리게 만드는 여자가 적지 않았지만 이런 식의 관계가 서로에게 큰 도움이 되지 않으리라 판단했다.

그래서 처음 서재훈에게 김초롱 아나운서를 소개받았을 때도 큰 기대는 하지 않았다.

그런데 대화를 하면 할수록 김초롱 아나운서가 특별하게 느껴졌다. 예쁜 외모도 좋았지만 자기 일을 열심히 하면서도 한정훈을 배려하고 이해하려는 모습이 마음에 들었다.

가끔 김초롱 아나운서와 대화를 주고받을 때면 한정훈은 결혼하고 싶은 욕심이 솟구쳤다. 하지만 한정훈은 과거 실패했던 결혼 생활을 떠올리며 애써 마음을 다잡았다.

'너무 조바심내지 말자. 이번에는 정말 신중히 만나 보자.'

한정훈은 김초롱에게 천천히 다가가려고 했다. 그러나 정작 김초롱 아나운서는 너무 뜸을 들이는 한정훈에게 서운한 기색을 내비쳤다.

"정훈 씨는 내가 싫어요?"

"그럴 리가요."

"그런데 왜…… 하아, 아니에요."

연애 경험이 많지는 않았지만, 한정훈도 바보는 아니었다. 다만, 그 패턴이 과거 성현주 때와 비슷하게 흘러가는 게 살짝 겁이 났다.

다행히도 김상엽 팀장은 한정훈이 걱정하는 바를 정확하게 캐치 했다.

"이런 말씀, 불쾌하실지 모르겠지만 한마디 드려도 될까요?"

김상엽 팀장이 정중하게 운을 뗐다.

"네, 말씀하세요."

한정훈의 얼굴에도 자연스럽게 긴장감이 번졌다.

"한정훈 선수는 베이스 볼 61의 최고 고객이십니다. 그 점은 알고 계시죠?"

"하하, 그야 뭐……."

"다른 에이전시도 마찬가지겠지만 한정훈 선수 정도 되는 VIP 고객들은 별도의 관리를 진행합니다. 그리고 그 관리 속에는…… 개인적인 영역에 대한 관리도 포함이 될 수밖에 없습니다."

"뭐…… 그렇겠죠."

"그래서 드리는 말씀입니다만…… 한정훈 선수는 김초롱 아나운서에 대해 얼마나 알고 계십니까?"

갑작스러운 김상엽 팀장의 질문에 한정훈은 말문이 막혔다. 사실 그가 김초롱 아나운서에게 쉽게 다가가지 못하는 가장 큰 이유 중의 하나가 바로 그녀에 대해 '잘 모른다'라는 점이었다.

물론 자주 만나고 대화를 나누며 애정을 주고받다 보면 자연스럽게 알게 될 부분이기도 했다. 나이가 꽉 차서 선을 보는 상황이 아닌 만큼 김초롱 아나운서의 조건적인 부분을 따질 생각도 없었다.

하지만 메이저리그에 데뷔해 정상급 투수로 발돋움한 한정훈은 다른 사람들이 생각하는 것처럼 아무하고 편히 연애를 즐길 수 있는 형편이 아니었다.

게다가 한정훈의 목표는 메이저리그에서 1년 반짝하다 사라지는 게 아니었다.

현재 한정훈은 메이저리그에서 가장 많은 몸값을 받고 있었다. 그리고 한정훈은 자신의 몸값에 준하는 활약을 펼칠 의무와 책임이 있었다.

그런 한정훈의 옆에 머문다는 건 생각 이상으로 훨씬 힘들고 고된 일일지 몰랐다. 한정훈은 김초롱 아나운서가 정말 그런 각오까지 하고 있는지 확신이 서질 않았다.

"한정훈 선수가 다른 선수들처럼 자유롭게 연애하는 스타일이 아니라 매니저로서 정말 다행이라고 생각하고 있습니다."

"그거…… 칭찬인 거죠?"

"하하, 그럼요. 저로서는 칭찬인 거죠. 하지만 오히려 그렇기 때문에 검증되지 않은 상대에게 쉽게 마음을 주어서는 안 된다고 생각하고 있습니다."

잠시 말을 돌렸던 김상엽 팀장이 이내 하고 싶은 말을 꺼냈다.

김초롱 아나운서는 검증이 되지 않았다.

그 한마디가 한정훈의 가슴을 강하게 후려쳤다.

"그러니까…… 검증을 하시겠다는 말인가요?"

한정훈의 표정이 굳어졌다. 어느 정도 예상을 하긴 했지만 직접 들으니 불쾌함 같은 게 살짝 치밀어 올랐다.

"본래라면 한정훈 선수가 직접 알아봐야 할 사안이겠죠. 하지만 워낙 바쁘시고 또 조심스러워하시니까요. 그리고…… 그런 부분까지도 관리해 주는 게 에이전시의 역할입니다."

김상엽 팀장은 부정하지 않았다. 이로 인해 한정훈과 감정적으로 멀어질지도 모르겠지만 연예계 밑바닥부터 시작해 연예인들의 사생활 관리까지 도맡았던 경험이 있는 만큼 자신이 분명 한정훈에게 도움이 될 것이라고 자신했다.

그리고 그 자신감이 한정훈을 이해시켰다.

"그렇다고 지나친 뒷조사 같은 걸 하는 건 아니죠?"

"그럴 리가요. 그 정도로 바보는 아닙니다. 다만 지금 김초롱 아나운서의 관심사가 무엇인지, 한정훈 선수를 어떻게 생각하는지 그리고…… 혹시라도 별도로 만나는 이성은 있는지 정도를 체크 해볼 생각입니다."

"그 정도라면…… 좋아요."

한정훈은 이내 고개를 주억거렸다. 왠지 판도라의 상자를 여는 건 아닌지 걱정스러웠지만 그렇다고 이대로 어정쩡한 마음으로 김초롱 아나운서를 대하고 싶진 않았다.

"얼마나 걸릴까요?"

"최대한 서두르겠지만 그래도 3주 정도 여유는 가지시는 게 좋을 것 같습니다."

"3주라. 그렇게 길지는 않네요."

"그 전까지는 지금처럼 관계를 유지해 주시길 부탁드립니다."

"알았어요."

한정훈은 소파에 등을 기대며 누웠다. 그리고 김초롱 아나운서에 대한 고민을 뒤쪽으로 미뤄놓았다.

이번 시즌 종료까지 이제 겨우 17경기 남은 상태였다. 이 17경기를 어떻게 치르느냐에 따라 양키즈의 포스트시즌 진출이 결정될 터였다.

이런 상황에서 명색이 팀의 에이스가 여자 문제로 고민한다는 것 자체가 무책임한 짓이었다.

"가능하다면 레드삭스를 잡고 지구 1위로 올라갔으면 좋겠어요."

한정훈이 다시 야구 이야기로 화제를 돌렸다. 그러자 김상엽 팀장이 피식 웃으며 말을 받았다.

"저 역시 같은 생각입니다. 그래야 한정훈 선수의 어깨도 가벼워질 테니까요."

김상엽 팀장은 양키즈가 지구 1위로 포스트시즌에 진출하는 게 한정훈에게 이롭다고 판단했다.

이유는 간단했다. 만약 양키즈가 와일드카드 결정전을 치르면 한정훈의 등판 일정이 꼬이기 때문이었다.

현재 양키즈 구단 측에서 전해 받은 한정훈의 잔여 등판 경기는 3경기. 레이스와의 원정 1차전과 블루제이스 원정 3차전, 마지막으로 오리올스와의 홈 1차전이었다.

만약 한정훈이 오리올스와의 홈 1차전에 선발 등판한 뒤 양키즈가 와일드카드 결정전을 치르게 된다면 한정훈은 고작 사흘을 쉬고 마운드에 오를 수밖에 없었다.

하지만 양키즈가 레드삭스를 꺾고 아메리칸리그 동부 지구 1위에 오르면 한정훈은 닷새간 충분히 휴식을 취한 뒤에 마운드에 오를 수 있었다.

양키즈와 레드삭스의 경기는 세 경기 차이. 잔여 경기를 감안했을 때 산술적으로 뒤집기 쉽지 않아 보였지만 김상엽 팀장은 최근 양키즈의 상승세에 기대를 걸었다.

양키즈가 원정 4연전과 홈 3연전에서 레드삭스를 최대한 많이 잡아낸다면 3경기 차이도 충분히 뒤집힐 수 있다고 여겼다.

하지만 애석하게도 양키즈는 보스턴 원정 4연전에서 이렇다 할 소득을 거두지 못했다.

2승 2패.

언론의 예상대로 하리모토 쇼타가 첫 경기를 잡아줬지만, 나머지 선발들에 레드삭스와의 선발 싸움에서 밀리며 힘든 경기를 치러야 했다.

그나마 다행히도 3차전에서 레드삭스의 불펜을 두드려 시리즈 스코어를 맞춰 놓긴 했지만 4차전에서 무려 11 대 2로 대패하고 뉴욕으로 돌아온 양키즈 선수단의 표정은 생각보다 훨씬 어둡게 변해 있었다.

하루를 쉰 양키즈 선수단은 템파베이 원정길에 올랐다.

첫 경기 선발은 한정훈.

이에 맞서 레이스는 신인 투수를 선발로 기용했다. 아메리칸리그 동부 지구 최하위로 처진 상황에서 굳이 무리하지 않겠다고 판단한 것이다.

덕분에 한정훈은 손쉽게 승리를 챙겼다.

9이닝 2피안타 무실점. 탈삼진 13개.

평소보다 탈삼진 숫자가 적었지만, 한정훈의 구위는 압도적이었다. 레이스의 젊은 타자들은 물론이고 중심 타자들조차 한정훈의 공을 제대로 때려내지 못했다.

한정훈이 에이스로서 팀의 분위기를 다잡으면서 자칫 침체의 늪에 빠질 뻔했던 타자들의 방망이도 다시 불타올랐다.

폭발적인 득점력을 뽐낸 건 아니지만, 안타 12개와 사사구 5개를 묶어 7득점하며 레드삭스와의 4차전의 악몽을 씻어내는 데 성공했다.

"고생했어."

경기가 끝나자 조지 지라디 감독은 가장 먼저 한정훈에게 손을 내밀었다.

평소에도 인터뷰 때마다 한정훈의 경기력을 높이 평가했지만, 레드삭스와의 원정 4연전에 지친 불펜 투수들을 고려해 투구 수를 조절해 가며 완투를 해준 한정훈의 희생정신이 더없이 고맙기만 했다.

2차전에서는 하리모토 쇼타의 호투가 빛났다. 한정훈의 완봉승에 자극을 받은 듯 8회까지 4피안타 무실점으로 레이스 타자들을 잠재우며 이틀 연속 완봉패의 위기로 몰아붙였다.

다행히 9회 말 공격에서 양키즈의 불펜을 두드려 한 점을 만회하긴 했지만, 경기는 8 대 1, 양키즈의 대승으로 끝이 났다.

또다시 연승 행진에 들어선 양키즈는 기세를 몰아 3차전까지 쓸어 담았다. 선발 다나카 마스히로가 오랜만에 7회까지 마운드를 지킨 가운데 타자들이 폭발하며 13점을 뽑아낸 결과였다.

그 과정에서 레드삭스와의 경기 차이는 다시 두 경기 차이로 좁혀졌다. 레드삭스도 오리올스와의 4연전에서 2승 1패로 선전 중이었지만 3연승을 내달리는 양키즈의 기세를 꺾을 순 없었다.

상황이 이렇게 되자 뉴욕 언론들이 다시 끓어올랐다.

[양키즈, 레드삭스와 2경기 차. 에이스 한정훈 레드삭스전 투입 검토 중.]

[확실한 1승 카드 한정훈, 레드삭스 잡고 양키즈를 지구 1위로 이끌 것인가!]

뉴욕 언론들은 앞다투어 한정훈의 선발 로테이션을 조정할 필요가 있다고 말했다. 포스트시즌 진출이 물 건너간 블루제이스를 상대로 등판시키느니 차라리 일정을 미뤄 레드삭스와의 홈경기 때 투입하는 게 낫다는 것이었다.

지난 시리즈에서 3연패 한 블루제이스가 포스트시즌 진출을 포기하고 잔여 경기 동안 신인 선수들을 중용하겠다고 밝히면서 뉴욕 언론들은 더욱 목소리를 높였다.

그렇게만 한다면 양키즈가 레드삭스를 끌어내리고 디비전 시리즈에 직행할 수 있다고 단언하는 언론들도 적잖았다.

하지만 조지 지라디 감독은 뉴욕 언론의 말에 휘둘리지 않았다.

"한정훈은 블루제이스와의 3차전에 선발로 예정되어 있습니다. 아울러 레드삭스와의 3연전은 한정훈 없이 치를 계획입니다."

조지 지라디 감독의 인터뷰에 뉴욕 언론은 겁쟁이 같은 소리를 한다며 길길이 날뛰었다. 올 시즌 처음으로 레드삭스를 두 경기 차이로 따라붙었는데 이 황금 같은 기회를 놓치려 한다며 조지 지라디 감독에게 비난을 쏟아냈다.

그러나 조지 지라디 감독의 생각은 달랐다.

"블루제이스전에 한정훈을 대신해 백업 선발을 쓴다고 쳐. 그다음은? 한정훈이 레드삭스와의 1차전에 나가면 오리올스와의 마지막 경기에 등판할 수밖에 없어. 그렇게 되면 설사 지구 1위를 한다 하더라도 한정훈 없이 디비전시리즈 1차전을 치러야 해."

한정훈이 블루제이스전을 건너뛰는 건 충분히 가능한 시나리오였다. 두 경기 더 휴식을 취하는 것뿐이니 한정훈의 컨디션에 큰 이상이 생길 가능성도 작았다.

하지만 그렇게 되면 한정훈의 최종 등판이 꼬이고 만다. 레드삭스와의 3연전이 끝나면 곧바로 오리올스와의 시즌 마지막 3연전을 치러야 한다.

이 시리즈에서 한정훈이 예정대로 마지막 경기를 등판하게 된다면 그다음 포스트시즌 일정을 소화하는 데 차질이 빚어질 수밖에 없었다.

아메리칸리그 와일드카드 결정전은 최종전 이틀 후로 잡혀 있었다. 그리고 아메리칸리그 디비전시리즈는 와일드카드 결정전을 치른 이틀 뒤에 열릴 예정이었다.

언론들의 기대대로 양키즈가 아메리칸리그 동부 지구 1위를 차지한다면 한정훈은 사흘을 쉬고 디비전시리즈 1차전 마운드에 올라야 한다. 게다가 그 상대는 레드삭스일 가능성이 컸다.

매리너스가 아메리칸리그 와일드카드 순위 1위를 달리고 있다고는 하지만 투타 밸런스가 완벽에 가까운 레드삭스를 꺾고 디비전시리즈에 합류할 가능성은 작을 수밖에 없었다.

언론들은 평소 체력 관리를 잘해온 한정훈이라면 충분히 사흘 휴식 후 등판이 가능하다고 말했다.

그 점에 대해서는 조지 지라디 감독도 일부 동의했다. 에이스급 투수들치고 포스트시즌에서 제대로 된 휴식일을 지키고 등판하는 경우는 드물었다.

문제는 디비전시리즈가 단판제로 진행되지 않는다는 점이었다.

메이저리그 디비전시리즈는 5판 3선승제였다. 5경기 안에 3경기를 먼저 이기는 팀이 챔피언십 시리즈에 진출할 수 있었다.

타선에서 레드삭스에 밀리는 양키즈가 우위를 점할 수 있는 건 마운드 싸움뿐이었다. 그중에서 한정훈 등판 경기는 무조건 이겨야 했다.

그러나 한정훈을 무리해서 1차전에 등판시키면 4차전 투입이 어려울 수 있었다.

디비전시리즈 1차전과 4차전은 사흘 간격으로 잡혀 있었다. 한 번이라면 몰라도 두 번 연속으로 한정훈에게 사흘 휴식 후 등판을 강요하는 건 부담스러울 수밖에 없었다.

그렇다고 한정훈의 휴식일을 전부 지켜 2차전과 5차전에 등판시키기에는 위험부담이 컸다. 한정훈을 제외한 양키즈 투수 중 확실하게 1승을 따내 줄 것이라 확신할 만한 투수가 없었기 때문이다.

아메리칸리그뿐만 아니라 메이저리그를 평정하고 있는 한정훈이 포스트시즌에서 흔들릴 것이라고 전망하는 전문가는 없었다.

한국에서 포스트시즌 경험을 충분히 쌓아왔고 국제 대회 경험도 풍부했다. 월드 시리즈라면 몰라도 고작 디비전시리즈에 한정훈이 부담을 가질 것 같지는 않았다.

하지만 2선발 하리모토 쇼타는 달랐다. 재팬 햄 시절에도 하리모토 쇼타는 포스트시즌 출장 경험이 그리 많지 않았다. 게다가 포스트시즌 성적도 썩 좋지 않았다.

올 시즌 2선발로 제 몫을 다해주긴 했지만 흠잡을 게 없어 보이는 한정훈의 성적과 비교했을 때 하리모토 쇼타가 무조건 한 경기를 잡아줄 것이라고 확신하기란 쉽지 않았다.

3선발 다나카 마스히로는 하리모토 쇼타에 비해 경험이 많았다. 큰 경기에 대한 중압감도 잘 견뎌줄 것이라는 평가가 많았다.

하지만 컨디션이 좋지 않았다. 포스트시즌에 들어갈 때까지 계속해서 구위를 회복하지 못한다면 4선발 테너 제이슨을 포스트시즌 선발 카드로 쓸 수밖에 없었다.

이런 상황에서 한정훈을 2차전에 투입하는 건 무리였다. 한정훈이 2차전을 잡아주더라도 1, 3, 4차전을 전부 패배하면 5차전 자체가 열릴 수 없었다.

그렇다고 언론들의 주장대로 에이스라는 이유로 한정훈에게 부담을 떠안기고 싶지도 않았다.

한정훈은 올 시즌을 끝으로 은퇴를 하는 선수가 아니었다. 앞으로 10년 이상 양키즈의 마운드를 이끌어줄 투수였다.

그런 투수를 눈앞의 욕심 때문에 혹사했다가 탈이라도 난다면 그 비난의 화살은 두고두고 조지 지라디 감독을 향할 터였다.

'그렇게 되길 바라나 본데 어림없지.'

조지 지라디 감독은 독하게 마음을 먹었다. 월드 시리즈에 대한 욕심이 없지는 않았지만, 월드 시리즈 진출을 당연하게 여기는 뉴욕 언론들의 장단을 맞춰줄 생각은 눈곱만큼도 없었다.

"와일드카드 3위가 누구지?"

"화이트삭스입니다. 우리와는 3경기 차이입니다."

"따라잡힐 가능성은 얼마나 돼?"

"바로 다음 시리즈가 지구 선두 로열스전입니다. 로열스하고 화이트삭스가 3경기 차인 만큼 로열스도 전력을 다할 가능성이 큽니다."

"시리즈 전망은 어때?"

"선발 맞대결은 로열스가 우세합니다. 에이스부터 4선발까지 순서대로 등판해요. 반면 화이트삭스는 선발 로테이션이 좀 꼬였습니다. 선발 순서로는 3, 4, 1, 5일 겁니다."

"흠…… 그렇다면 로열스가 확실히 유리하겠네."

"언론에서도 로열스가 3승 1패를 거둘 것이라고 전망하고 있습니다."

"화이트삭스가 시리즈를 스윕하지 않는 한 우리 자리는 위태로울 리 없다는 소리고?"

"그렇습니다. 오히려 이번 시리즈에서 화이트삭스가 스윕 패라도 당한다면 일찌감치 포스트시즌을 포기할지 모릅니다."

조지 지라디 감독은 고개를 주억거렸다. 냉철한 로비 토마스 벤치 코치의 판단대로라면 양키스가 와일드카드 2위 자리를 빼앗길 가능성은 작아 보였다.

물론 양키스도 지금의 성적을 유지해야 한다는 전제 조건이 깔리겠지만 무리하게 레드삭스를 쫓는 것보다는 와일드카드 결정전에 초점을 맞춰 포스트시즌·일정을 점검하는 게 여러모로 나아 보였다.

"언론에도 말했지만, 선발 로테이션은 그대로 갈 거야."

"알겠습니다."

"선수들에게 미리 당부하고. 이번 블루제이스 원정에서 3승 이상 챙겨보자고."

조지 지라디 감독은 블루제이스와의 원정 4연전 목표를 3승 1패로 잡았다.

일단 에이스인 한정훈이 3차전에 등판하는 만큼 1승은 확정적이었다. 뒤이어 하리모토 쇼타가 4차전을 책임질 테니 2승까지는 어렵지 않아 보였다.

문제는 테너 제이슨과 루이스 세자르가 나서는 1, 2차전. 블루제이스에서 신인급 투수들을 점검하겠다고 발표했지만 막강한 블루제이스 타선을 상대로 승기를 잡을 수 있을지 확신이 서질 않았다.

그나마 테너 제이슨은 요즘 제 몫을 다해주고 있지만, 루이스 세자르가 문제였다. 시즌 초반 어깨 부상의 여파인지 좀처럼 자신의 템포를 찾지 못하고 있었다.

구단 내부에서도 루이스 세자르 대신 새로운 5선발 투수를 찾아야 한다는 목소리가 높았다. 그러나 확실한 대안이 없다 보니 조지 지라디 감독도 루이스 세자르그 잘 던지기만을 기대할 수밖에 없었다.

"일단 첫 경기가 중요해. 첫 경기만 잡아내면 흐름을 탈 수 있어."

조지 지라디 감독은 테너 제이슨에게 시리즈의 명운을 걸었다. 테너 제이슨이 첫 단추를 잘 끼워준다면 블루제이스와의 4연전을 전부 쓸어 담을 수도 있다고 판단했다.

다행히 테너 제이슨은 조지 지라디 감독의 기대에 부응했다.

6.2이닝 10피안타 3실점.

매 이닝마다 스코어링 포지션에 주자를 내보내긴 했지만 두 개의 병살타를 유도하며 실점을 최소화했다.

100마일의 강속구를 앞세운 블루제이스의 루키에 고전하던 타자들도 5회 이후 폭발했다. 13안타 8득점으로 혹시나 하는 마음으로 지켜보던 블루제이스 팬들을 한숨짓게 했다.

특히나 중심 타선의 활약이 눈부셨다. 제이크 햄튼이 투런 홈런 포함 2안타를 때리며 3타점을 올렸고 그린 버드도 솔로 홈런과 2타점 적시 2루타로 3타점을 뽑아냈다. 블루제이스 본 기브스 감독이 언론과의 인터뷰에서 양키즈의 중심 타자들을 막지 못한 걸 패인으로 언급할 정도로 만점 활약이었다.

[제이크 햄튼-그린 버드! 양키즈의 4연승을 이끌다!]

뉴욕 언론도 제이크 햄튼과 그린 버드를 언급하며 1차전의 MVP로 꼽았다.

"크흐흐. 이게 웬일이야?"

실로 오랜만에 언론의 주목을 받게 된 제이크 햄튼은 흥분을 감추지 못했다. 그린 버드도 극찬 일색인 언론들의 반응에 기분 좋은 표정을 지었다.

덕분에 난타전이 될 것이라 전망했던 2차전도 양키즈가 승리를 챙겼다. 타자들이 1회에만 6점을 뽑아주면서 루이스 세자르의 어깨를 가볍게 만들어준 결과였다.

루이스 세자르는 오랜만에 7이닝을 던지며 선발 투수로 제 몫을 다했다.

피안타는 7개. 실점은 단 한 점에 그쳤다.

[양키즈, 6연승 질주!]

[양키즈 지구 선두 눈앞! 레드삭스와 1경기 차이!]

[에이스 한정훈! 양키즈를 동부 지구 정상에 올려놓을 것인가!]

쉽지 않을 것이라던 1, 2차전을 모두 쓸어 담으면서 언론들의 반응은 더욱 폭발적으로 변했다. 설상가상 레드삭스가 지구 꼴찌 레이스에 불의의 일격을 허용하면서 레드삭스와의 격차도 1경기 차이까지 좁혀져 있었다.

"이러다 양키즈가 1위 하는 거 아냐?"

"지금 분위기로 봐서는 양키즈 쪽이 훨씬 유리한 거 같은데? 오늘 한정훈에 내일 하리모토 쇼타. 남은 두 경기 쓸어 가고 레드삭스가 또다시 발목 잡히면 어떻게 될지 몰라."

"게다가 오늘 레이스가 에이스 카드를 뽑아 들었잖아."

"혹시 모르니까 미리 기사 틀을 잡아놔야겠어."

"그거 좋은 생각이야."

야구장을 찾은 기자들은 경기 시작 전부터 두 가지 기사를 준비했다. 하나는 양키즈가 7연승을 달렸지만 애석하게 지구 선두 탈환에 실패했다는 기사. 다른 하나는 양키즈가 7연승과 함께 레드삭스와 공동 1위에 올랐다는 기사.

기자 중 누구도 오늘 경기에서 양키즈가 패배하리라 전망하진 않았다. 다른 이도 아닌 한정훈이 등판하는 경기였다. 원정 경기이긴 하지만 최근 무결점 피칭을 펼치는 한정훈이 패배할 가능성은 없다시피 했다.

게다가 대진운도 따랐다.

"얘기 들었어?"

"뭐가?"

"마이크 스트로먼이 탈이 났다는데?"

"탈이라니? 설마 한정훈과의 맞대결에 부담을 느낀 나머지 신경성 복통이 왔다, 뭐 그런 거야?"

"빙고. 그래서 지금 블루제이스 더그아웃이 난리야."

"탈이 나려면 일찍 좀 나던가. 경기 시작 시간 다 됐는데 인제 와서 이러면 누굴 올려?"

블루제이스 본 기븐스 감독은 당초 선발로 예정했던 마이크 스트로먼을 대신해 마이너리그에서 콜업한 투수 릴리 케인을 마운드에 올렸다.

그러자 조지 지라디 감독도 여유를 부렸다.

"오늘 한정훈은 7회까지만 던진다. 나머지는 불펜에 맡길 테니까 미리미리 준비해 두도록."

조지 지라디 감독은 이번 기회에 새로 콜업한 마이너리그 투수들을 점검하기로 마음먹었다. 물론 어느 정도 점수 차이가 나야겠지만 돌아가는 분위기로 봐서는 충분히 여유로운 상황이 만들어질 것 같았다.

그런 조지 지라디 감독의 예상은 적중했다.

1회부터 쉬지 않고 안타를 때려낸 타자들은 3회만에 릴리 케인을 강판시키고 블루제이스 불펜 투수들을 공략했다. 그 결과 7회까지 무려 9점을 뽑아내며 경기 분위기를 완전히 양키즈 쪽으로 가져왔다.

한정훈도 7이닝을 피안타 없이 사사구 하나만 내주며 무실점으로 틀어막았다. 탈삼진은 무려 11개. 입때까지만 해도 양키즈의 7연승 달성은 시간문제처럼 느껴졌다.

"이참에 타자들도 쉬게 하시죠?"

"하긴, 아홉 점이 뒤집히겠어?"

8회 초 공격이 시작되자 조지 지라디 감독은 주전 타자들을 전부 빼버렸다. 블루제이스를 상대로 4연승을 거두게 생겼는데 더 이상 점수를 뽑기가 미안해진 것이다.

덕분에 블루제이스는 오늘 경기 처음으로 삼자범퇴 이닝을 만들어냈다. 그리고 그 흐름이 8회 말 공격으로 이어졌다.

"자, 자. 내 말 잘 들어. 절대 부담 갖지 말고, 무리해서 승부하려고 하지 마. 그냥 아웃 카운트를 늘리는 것에 집중해. 알았지?

로비 토마스 코치는 제레미 영—마틴 펠릭스 배터리를 붙잡고 긴장감을 풀어주었다.

당장 메이저리그에 올라왔으니 뭔가 보여주고 싶은 마음이 굴뚝같겠지만 지금은 아홉 점 차 리드를 지켜주기만 해도 충분히 제 몫을 다한 것이라고 말했다.

"제레미, 코치님 말씀 들었지? 컨트롤에 신경 써서 던져."

신인 마틴 펠릭스는 로비 토마스 코치의 말을 거역할 생각이 눈곱만큼도 없었다.

당장은 어렵겠지만 내후년, 혹은 그다음 해에 백업 포수 저스틴 로마인이 은퇴할 경우 그 자리를 차지할 가능성이 높았기 때문이다.

하지만 제레미 영의 입장은 달랐다.

'들리는 소문으로는 루이스 세자르의 자리가 위태롭다지? 조지 감독님이 에이그린 링컨을 아끼고 있는데 이대로 아무것도 못 해보고 5선발 자리를 빼앗길 수는 없잖아. 안 그래?'

마틴 펠릭스가 초구에 바깥쪽으로 흘러나가는 슬라이더를 요구했지만 제레미 영은 고개를 흔들었다.

기어코 구종을 패스트볼로 바꾸더니 바깥쪽 스트라이크존을 노리라는 사인도 어기고 한복판으로 공을 내던졌다.

퍼엉!

묵직한 포구음과 함께 구심이 오른팔을 들어 올렸다.

"저 자식이……."

공을 받은 마틴 펠릭스가 불만스러운 표정을 지었다. 그 모습들이 블루제이스 더그아웃에 그대로 노출이 되었다.

"삼진을 당해도 좋으니까 일단 지켜보자고."

블루제이스 본 기븐스 감독은 타자에게 웨이팅 사인을 냈다. 본 기븐스 감독의 속내를 알아챈 타자도 타격할 것처럼 굴면서 방망이를 휘두르지 않았다.

하지만 그 사실을 알지 못하는 마틴 펠릭스는 제레미 영에게 어려운 코스의 공만 요구했다. 그리고 제레미 영의 컨트롤은 그 주문에 전부 응답할 만큼 정교하지 않았다.

"볼!"

풀카운트 상황에서 몸 쪽으로 파고든 공이 볼 판정을 받자 타자가 씩 웃으며 1루로 걸어나갔다.

그다음 타자도 마찬가지. 번트 자세부터 시작해 제레미 영의 신경을 잔뜩 긁어놓고서는 사사구를 얻어 출루했다.

무사 주자 1, 2루.

"흠……."

조지 지라디 감독의 입에서 무거운 한숨이 흘러나왔다.

"바꿀까요?"

로비 토마스 코치가 물었다. 제레미 영과 마틴 펠릭스의 제대로 된 실력을 확인하기 위해 일부러 동시에 투입했지만 아직 메이저리그는 이른 것 같은 느낌이 들었다.

그러나 조지 지라디 감독은 이내 고개를 저었다.

"아홉 점 차이잖아. 서너 점은 봐주자고."

제레미 영-마틴 펠릭스 배터리를 올리면서 조지 지라디 감독은 최대 넉 점까지는 내줘도 괜찮다고 생각했다.

한정훈을 닮고 싶다던 제레미 영이 정말로 한정훈처럼 블루제이스 타선을 삼자범퇴로 돌려세운다면 더없이 좋겠지만 메이저리그와 마이너리그의 수준 차이를 감안했을 때 어느 정도 실점은 불가피하다고 여겼다.

다행히 제레미 영은 다음 타자를 삼진으로 돌려세우며 큰 고비를 넘기는 듯했다. 하지만 뒤이어 등장한 중심 타자에게 연속 3안타를 허용하며 조지 지라디 감독의 인내심을 한계로 몰아붙였다.

9 대 3. 1사 주자 1, 3루.

조지 지라디 감독의 얼굴이 벌겋게 달아오른 상황에서 마이너리그 타자가 타석에 들어섰다.

"이번 타자는 꼭 잡아야 해!"

"나도 알고 있으니까 닦달하지 마!"

제레미 영과 마틴 펠릭스는 정신을 바짝 차렸다. 마이너리그 출신으로서 자신들처럼 확장 로스터로 올라온 선수에게 적시타를 허용한다는 건 수치스러운 일이었다.

제레미 영을 바꾸려 했던 조지 지라디 감독도 마이너리그 타자의 등장에 한 번 더 기회를 주는 쪽으로 마음을 돌렸다. 하지만 그것은 어떻게든 연패에서 벗어나 보려는 본 기븐스 감독의 계략이었다.

"더블 스틸."

정신없이 몰린 양키즈 배터리를 바라보며 본 기브스 감독이 나직이 중얼거렸다. 그 순간.

타다닥!

제레미 영이 공을 던지기도 전에 1루 주자가 갑자기 2루를 향해 내달리기 시작했다.

"2루! 2루!"

마틴 펠릭스가 다급히 2루 쪽을 가리켰다. 제레미 영도 황급히 몸을 돌려 2루를 향해 공을 내던졌다.

하지만 너무 긴장해서인지 송구가 완전히 빠져 버렸다. 2루수 비비 그레고리우스가 몸을 날리며 가까스로 송구를 받아냈을 때는 이미 3루 주자가 헤드 퍼스트 슬라이딩으로 홈 플레이트를 훔친 뒤였다.

"젠장할!"

조지 지라디 감독의 입에서 절로 분통이 터져 나왔다. 침착하게 2루로 공을 던졌다면 아웃 카운트를 충분히 잡아낼 수 있는 상황에서 홈스틸을 내줬으니 본 기브스 감독에게 완전히 농락당한 기분이었다.

아니, 애당초 제레미 영이 1루 주자의 견제에 신경 썼다면 더블 스틸 작전 자체가 나오지 못했을 것이다.

"다음 투수 준비시켜."

조지 지라디 감독이 씩씩거리며 마운드에 올랐다. 그리고 아쉬워하는 제레미 영의 손에서 공을 빼앗아 버렸다.

그러나 뒤이어 올라온 불펜 투수도 조지 지라디 감독의 기대에 부응하지 못했다.

따악!

초구에 던진 패스트볼이 한복판에 내몰리자 타자는 기다리지 않고 방망이를 내돌렸다. 그리고 그 타구가 하필이면 로저 센터의 가장 짧은 오른쪽 코너 담장을 살짝 넘겨 버렸다.

-넘어갔습니다! 홈런!
-블루제이스! 양키즈를 석 점 차이로 따라붙습니다!

갑작스런 홈런에 블루제이스의 홈구장 로저 센터가 뜨겁게 달아올랐다. 블루제이스 중계진도 목청껏 홈런을 외치며 한정훈에게 억눌렸던 답답함을 시원하게 풀어냈다.

"젠장할! 대체 뭐가 문제인 거야?"

조지 지라디 감독은 짜증을 내며 또다시 투수를 바꿨다. 다행히도 바뀐 투수가 두 개의 아웃 카운트를 잡아내며 8회 말 블루제이스의 공격은 끝이 났다.

9점의 리드가 3점 차로 좁혀진 상황에서 양키즈 타자들은 이를 악물고 타석에 들어섰다. 그러자 본 기븐스 감독이 승부수를 띄웠다.

불펜 에이스, 로베로 오수나를 투입한 것이다.

"오수나라니. 장난하는 것도 아니고."

조지 지라디 감독은 얼굴을 일그러뜨렸다. 양키즈가 이긴 것이나 다름없는 경기를 두고 본 기븐스 감독이 혼자 열을 내는 게 마음에 들지 않았다.

"신경 쓰지 마십시오. 우리도 채프먼을 준비시키면 됩니다."

로비 토마스 코치가 조지 지라디 감독을 달랬다. 점수 차이가 줄어든 건 아쉬운 일이었지만 덕분에 세이브 여건이 충족됐으니 마무리 투수 아롤디르 채프먼을 등판시키는 게 가능했다.

"후우……."

조지 지라디 감독이 길게 숨을 내쉬었다. 마지막 이닝을 라몬 에르난데스에게 맡길 생각이었지만 세이브 상황에서 아무런 이유도 없이 아롤디르 채프먼을 건너뛸 수는 없는 노릇이었다.

로베로 오수나의 강속구에 9회 초 양키즈의 공격이 허무하게 끝났다. 그러자 조지 지라디 감독도 어쩔 수 없이 아롤디르 채프먼 카드를 뽑아 들었다.

"정훈, 승리 투수 인터뷰 준비하고 있으라고."

아롤디르 채프먼이 한정훈을 향해 엄지를 들어 올려 보였다. 하지만 애석하게도 한정훈은 승리 투수 인터뷰를 할 수가 없었다.

–큽니다! 계속 날아갑니다!
–딜튼 폼페이! 이 한 방으로 아롤디르 채프먼을 무너뜨립니다!

순식간에 경기 흐름은 블루제이스 쪽으로 넘어갔다. 조지 지라디 감독이 뒤늦게 제이슨 슈리브를 올려 진화에 나섰지만, 오히려 끝내기 홈런을 허용하며 경기를 완전히 내주고 말았다.

9 대 10. 역전패.

조지 지라디 감독은 물론이고 선수들조차 망연자실함을 감추지 못했다.
같은 시각 레드삭스가 레이스에 1점 차이로 패배하면서 아쉬움은 더욱 커졌다.

[조지 지라디 감독! 형편없는 경기 운영으로 지구 우승 놓쳐!]

[양키즈, 한정훈의 완벽한 승리를 날려 버리다!]

뉴욕 언론은 기다렸다는 듯이 조지 지라디 감독을 향해 비난을 쏟아냈다. 조지 지라디 감독이 모든 게 자신의 판단 미스라고 인정했지만, 뉴욕 언론의 매질은 잦아들 생각을 하지 않았다.

그 와중에 블루제이스와의 4차전까지 놓치면서 양키즈의 상승세가 완전히 꺾여 버렸다.

2선발 하리모토 쇼타가 7이닝 2실점으로 호투했지만, 불펜진이 또다시 무너지면서 4 대 3, 한 점 차 석패를 당하고만 것이다.

최소 3승 1패를 기대했던 토론토 원정에서 고작 2승에 그친 양키즈 선수단의 분위기는 스윕 패배를 한 것만큼이나 가라앉아 있었다.

반면 로열스 원정에서 1승 2패를 하고 뉴욕으로 건너온 레드삭스 선수단의 분위기는 평소와 다름없었다.

"이번 시리즈에서는 한정훈이 나오지 못하니까."

"한 경기만 잡아도 양키즈를 따돌릴 수 있어. 어차피 마지막 경기는 블루제이스전이니까."

한 경기까지 좁혀졌던 양키즈와의 격차는 다시 두 경기 차로 벌어져 있었다. 이번 뉴욕 맞대결에서 레드삭스가 1승만 챙겨도 양키즈가 자력으로 레드삭스를 제치고 지구 선두로 올라가는 시나리오는 불가능한 상황이었다.

"자, 자! 욕심부리지 않을 테니까 딱 2승만 따내라고. 그럼 지구 우승은 우리 차지니까."

로열스전 졸전으로 잠시 궁지에 몰렸던 존 헤럴 감독이 의욕적으로 선수들을 독려했다.

이번 시리즈에서 레드삭스가 3승을 쓸어 담는다면 자력으로 지구 우승을 결정지을 수 있었다.

6경기가 남은 상황에서 레드삭스가 경기 차를 4경기로 벌인다면 양키즈가 잔여 경기를 전승한다 하더라도 레드삭스를 따라잡지 못한다.

하지만 존 헤럴 감독은 전승이라는 목표로 선수들에게 부담감을 줄 생각이 없었다.

현실적인 목표는 2승 1패.

양키즈 스타디움에서 열리는 시리즈였지만 양키즈 선발진이 다나카 마스히로-테너 제이슨-루이스 세자르로 이어지는 만큼 2승을 거둘 가능성은 충분하다고 판단했다.

만약 계획대로 뉴욕 원정에서 2승을 거두면 양키즈와의 격차를 3경기 차이로 벌려놓을 수 있었다. 이 경우 양키즈가 오리올스와의 3연전에서 전승을 하고 레드삭스가 블루제이스와의 3연전을 모두 내주지 않는 한 레드삭스가 지구 우승을 차지할 가능성이 농후했다.

최악의 경우 1승 2패를 당한다 해도 우승 가능성은 여전히 컸다. 지구 우승을 위해 양키즈가 오리올스전을 전부 쓸어 담아야 하는 부담을 갖는 반면 레드삭스는 3경기 중 2경기만 이겨도 최소한 타이브레이크를 확정 지을 수 있었다.

희박한 확률로 양키즈와 레드삭스가 타이브레이크에 들어가더라도 레드삭스가 유리했다.

한정훈이 오리올스와의 1차전에 선발 등판하는 만큼 타이브레이크 플레이오프에 나올 가능성은 없었다.

최악의 경우 와일드카드 결정전을 고민해야 하는 양키즈가 이틀밖에 쉬지 못한 한정훈을 마운드에 올릴 수는 없는 일이었다.

반면 레드삭스는 이번 시리즈에 에두아르 로드리게스와 데이브 프라이스를 등판시킨다. 둘 다 경우에 따라 타이브레이크 결정전에 올릴 수 있었다.

기껏해야 테너 제이슨이나 루이스 세자르에게 희망을 걸어야 하는 양키즈보다 훨씬 더 유리한 입장일 수밖에 없었다.

물론 존 헤럴 감독도 타이브레이크 플레이오프까지 치르는 걸 원치 않았다. 가능하면 이번 시리즈에서 지구 1위 다툼을 끝마치고 싶었다.

그러나 모든 상황을 다 따져 봐도 지구 우승을 차지할 가능성이 크다는 사실은 분명 기분 좋은 일이었다. 지구 우승을 지키기 위해 뭔가 무리하지 않아도 된다는 게 감독으로서는 너무나 마음이 편했다.

그에 비해 조지 지라디 감독은 그야말로 죽을 맛이었다.

"지금 상황에서 우리가 자력으로 지구 우승을 할 확률은 있는 거야?"

"계산으로는 가능할지 모르겠으나 현실적으로 없습니다."

"하아, 그런데 다들 왜 저 난리인 거야?"

조지 지라디 감독은 답답했다. 6경기가 남은 상황에서 레드삭스에게 2경기 차이로 뒤처져 있었다. 산술적으로 아직 희망은 남아 있지만 냉정하게 따졌을 때 양키즈가 레드삭스를 제치고 지구 1위를 차지할 가능성은 없다시피 했다.

그런데도 뉴욕 언론들은 조지 지라디 감독을 쉴 새 없이 두들겼다. 몇몇 강경 언론은 수단과 방법을 가리지 않고 레드삭스전을 스윕해야 한다며 그렇지 못할 경우 양키즈 감독 자리가 위태로울 수 있다고 협박을 늘어놓기까지 했다.

물론 조지 지라디 감독도 블루레이스전의 판단 미스에 대해서는 책임을 동감하고 있었다. 블루레이스전을 싹 쓸어 담고 레드삭스와 동률이 되어 홈 3연전을 준비했다면 충분히 지구 우승을 노릴 수 있었을 것이라는 지적에도 일정 부분

동의했다.

하지만 그건 어디까지나 결과론일 뿐이었다. 공동 1위의 기회를 놓친 것은 조지 지라디 감독 역시 안타까웠지만 그렇다고 해서 남은 경기를 무리할 수는 없는 노릇이었다.

그러나 뉴욕 언론은 막무가내였다. 마치 지구 1위를 차지하지 못하면 이번 시즌은 실패나 다름없다며 조지 지라디 감독을 맹렬히 질타하고 있었다.

"한정훈을…… 마지막 경기에 투입하는 건 가능할까?"

조지 지라디 감독이 한숨 쉬듯 물었다. 내키진 않았지만, 뉴욕 언론의 요구대로 레드삭스와의 3연전에 한정훈을 투입해 1승을 확보한다면 빡빡한 경기 운영에 조금이나마 숨통이 트일 터였다.

그러자 로비 토마스 코치가 단호하게 고개를 저었다.

"안 됩니다."

"안 된다고?"

"1, 2차전을 전부 쓸어 담는다면 또 모르겠지만 괜히 한정훈을 무리시킬 필요는 없다고 생각합니다."

"흠……."

"우리가 이번 시리즈를 가져간다고 해도 남은 경기는 3경기에 불과합니다. 그 3경기를 전부 이겨야 하는데 그럴 가능성이 얼마나 된다고 보십니까."

"그야…… 확률적으로 희박하지."

"만에 하나 레드삭스와 성적이 같아져서 타이브레이크를 치러야 한다면요? 레드삭스전 마지막 경기에 등판시킨 한정훈을 타이브레이크전에 내보낼 수는 없습니다."

블루제이스와의 3차전에 출전한 한정훈의 등판 일정을 최대한 당긴다 해도 레드삭스와의 마지막 경기가 한계였다.

그리고 그 경기에 한정훈을 내보내면 타이브레이크 플레이오프를 치를 때 한정훈 카드를 다시 쓸 수 없게 된다.

"그건 오리올스와의 3연전에 출전시킬 때도 마찬가지잖아."

조지 지라디 감독이 미간을 찌푸렸다. 한정훈을 원칙대로 오리올스와의 1차전에 출전시켜도 타이브레이크 플레이오프에 내보내지 못하는 건 마찬가지였다.

그러나 로비 토마스 코치의 말은 아직 다 끝난 게 아니었다.

"중요한 건 그게 아닙니다. 현재 우리는 자력으로 우승을 할 가능성이 거의 없습니다. 레드삭스와의 남은 시리즈를 전부 쓸어 담은 뒤 오리올스와의 3연전까지 전승을 거둬야 하는 상황입니다. 그렇게 해서 지구 우승을 확정 지을 수 있다면 다행이겠지만 만에 하나 오리올스전에서 1패를 하고 레드삭스가 블루제이스와의 3연전을 가져가면 꼼짝없이 타이브레이크 플레이오프를 치러야 합니다. 그것도 한정훈이 없는 상태에서요."

"하아······."

"물론 양키즈의 지구 우승을 응원하는 팬들을 위해 마지막까지 최선을 다해야 한다는 거 저도 잘 알고 있습니다. 하지만 최선을 다하는 것과 무리하는 건 전혀 다른 문제입니다. 양키즈는 지금 몇 년 만에 포스트시즌 진출을 앞두고 있습니다. 지구 1위는 아쉽게 됐지만, 와일드카드 결정전에서 승리하면 디비전시리즈, 그 이상을 노릴 수 있습니다. 그러기 위해서는 일단 포기할 건 포기하고 팀을 재정비할 필요가 있습니다. 이대로 불가능에 가까운 지구 1위를 노렸다가 실패하게 된다면······ 그 여파는 포스트시즌 참패로 이어질 겁니다."

로비 토마스 코치의 날 선 조언에 조지 지라디 감독이 묵묵히 고개를 주억거렸다.

지극히 현실적인 지적이었지만 로비 토마스 코치의 말은 틀리지 않았다. 조지 지라디 감독 역시도 이성적으로는 로비 토마스 코치와 같은 생각을 가지고 있었다.

그런데도 자꾸 마음이 흔들린 건 감독 자리를 지킬 수 없을지도 모른다는 불안감 때문이었다.

그러나 로비 토마스 코치는 조지 지라디 감독이 경질될 가능성은 없다고 단언했다.

"이번 시즌, 감독님은 최선을 다하셨습니다. 그리고 포스트시즌 진출을 일궈내셨죠. 제가 장담하건대 아마 선수 중 누구도 감독님을 탓하지 않을 겁니다."

로비 토마스 코치도 조지 지라디 감독을 향한 언론의 압박을 모르지 않았다. 그리고 그 뒤에 블랭키 톰슨 부사장이 있다는 사실도 눈치채고 있었다.

블랭키 톰슨 부사장이 원하는 건 브라이언 캐시 단장 체제의 몰락이었다. 조지 지라디 감독이 언론의 요구대로 한정훈을 혹사시켜 지구 우승을 일궈낸다 하더라도 블랭키 톰슨 부사장의 양키즈 흔들기가 끝날 리 없었다.

"후우……."

조지 지라디 감독은 길게 한숨을 내쉬었다. 그리고는 이내 마음을 다잡고 자리에서 일어났다.

"기자들을 만나야겠어."

조지 지라디 감독은 경기 전 인터뷰를 통해 레드삭스와의 홈 3연전에 한정훈을 투입할 생각은 없다고 말했다. 덕분에 기자들의 공격적인 질문이 쏟아졌지만 조지 지라디 감독은 양키즈의 수장으로서 제 뜻을 굽히지 않았다.

다행(?)히도 양키즈가 레드삭스와의 첫 경기에서 뉴욕 언론도 더는 지구 우승을 운운할 수 없게 됐다. 5회까지 잘 버티던 다나카 마스히로가 6회 만루 홈런을 얻어맞으면서 양키즈와 레드삭스의 격차가 3경기 차이로 벌어진 것이다.

　시즌 종료까지 남은 경기는 5경기. 양키즈가 이 5경기를 전부 이기고 레드삭스가 반대로 4경기를 패하지 않는 한 양키즈의 자력 우승은 어려웠다.

　양키즈가 5승을 거두고 레드삭스가 2승 3패를 거두면 타이브레이크 플레이오프를 치러야 했다. 레드삭스가 3승 2패를 거두면 양키즈의 경기 결과와는 상관없이 레드삭스의 자력 우승이 결정됐다.

　"내일 경기에서 끝장을 내겠습니다."

　레드삭스 존 헤럴 감독은 양키즈를 잡고 지구 1위 경쟁에 마침표를 찍겠다고 선언했다. 반면 조지 지라디 감독은 마지막까지 최선을 다하겠다는 말로 존 헤럴 감독의 도발을 피해버렸다.

　이처럼 상반된 인터뷰 내용은 고스란히 경기 결과로 이어졌다.

　ㅡ큽니다! 크게 넘어갑니다! 모렐 카스티요! 오늘 경기에서만 두 번째 홈런을 때려냅니다.

　ㅡ테너 제이슨, 잘 던졌습니다만 모렐 카스티요를 넘지 못

하고 무너집니다.

─5 대 1. 이런 분위기라면 양키즈의 기적적인 역전 우승
은 불가능해 보입니다.

오늘 경기에서 우승을 확정 짓겠다는 레드삭스의 기세와
믿었던 테너 제이슨의 부진이 맞물리며 경기는 9 대 2, 레드
삭스의 승리로 끝이 났다.

"크아아아!"

"우승이다!"

레드삭스 선수들은 마치 월드 시리즈 우승이라도 한 것처
럼 좋아했다. 라이벌 양키즈의 막판 추격을 따돌리고 최소
타이브레이크 플레이오프를 확보했으니 지구 우승은 시간문
제라고 판단한 것이다.

반면 양키즈 선수들은 씁쓸함을 감추지 못했다. 에이스 한
정훈이라면 이 같은 분위기를 단숨에 끊어놓았겠지만 애석
하게도 이번 시리즈에서 한정훈의 등판은 없었다.

[양키즈! 챔피언이 될 자격이 없었다.]

[소심한 조지 지라디! 양키즈의 우승을 날려 버렸다.]

쏟아지는 뉴욕 언론의 비난 속에서 양키즈는 레드삭스와

의 마지막 경기를 잡아냈다. 레드삭스가 선수 휴식 차원에서 주전 대부분을 쉬게 한 덕이었지만 조지 지라디 감독은 가까스로 숨을 돌릴 수 있었다.

홈 3연전에서 1승 2패를 거둔 양키즈는 곧바로 오리올스로 날아갔다. 그리고 첫 경기에서 한정훈은 9이닝을 1실점으로 틀어막고 승리를 챙겼다.

한정훈의 호투 덕분에 불펜진을 재정비한 양키즈는 2차전과 3차전에서도 승리를 챙기며 시즌을 마감했다.

시즌 성적 95승 67패.

지구 1위 레드삭스와는 한 경기 차이였다. (96승 68패)

정규 시즌이 모두 끝나고 와일드카드 확정 순위가 발표
됐다.

  아메리칸리그 와일드카드 순위

  1위 매리너스 96승 68패(서부 지구 2위)

  2위 양키즈 95승 67패(동부 지구 2위)

  3위 화이트삭스 92승 70패(중부 지구 2위)

  4위 인디언스 90승 72패(중부 지구 3위)

  5위 블루제이스 87승 75패(동부 지구 3위)

  6위 타이거즈 86승 76패(중부 지구 4위)

  7위 오리올스 84승 78패(동부 지구 4위)

8위 애스트로스 83승 79패(서부 지구 3위)

동부 지구 1위는 양키즈와 막판 접전을 벌였던 레드삭스
가 차지했다. 중부 지구 1위는 로열스, 서부 지구 1위는 레인
저스가 정상에 올랐다.

레드삭스와 로열스, 레인저스가 지구 1위를 차지하고 애
스트로스와 양키즈가 와일드카드 결정전으로 나머지 한 자
리를 노리는 그림은 전문가들의 예상과 정확하게 일치했다.

하지만 누가 와일드카드 팀을 상대할 것인가에 대한 전망
은 마지막 순간에 빗나가 버렸다.

양키즈가 레드삭스와 홈 3연전을 준비할 때만 하더라도
지구 승률 1위 팀은 레드삭스였다. 그런데 레드삭스가 뉴욕
원정에서 지구 1위를 확보하면서 상황이 달라졌다.

"한정훈이 버티고 있는 양키즈는 까다로워. 양키즈가 와
일드카드 결정전에서 한정훈을 아끼면 우리는 1차전과 4차
전에서 한정훈을 상대해야 한다고."

존 헤럴 감독은 디비전시리즈에서 양키즈를 피하기 위해
지구 승률 1위를 포기했다.

블루제이스와의 첫 경기에서 에이스 에두아르 로드리게스
를 투입해 완승을 거둔 이후 2차전과 3차전은 루키들을 내보
내 블루제이스에게 경기를 헌납하다시피 한 것이다.

그 결과 지구 1위 팀이 바뀌었다. 애스트로스의 막판 추격에 시달리던 레인저스가 레드삭스보다 1승을 더 따내 버린 것이다.

"빌어먹을 레드삭스!"

"우릴 엿 먹이려고 작정을 했어!"

레인저스 팬들은 레드삭스의 리그 승률 1위 소식에 아쉬움을 감추지 못했다. 다를 때 같았다면 와일드카드 팀을 상대하게 됐다고 좋아했겠지만, 이번은 달랐다.

레인저스를 막판까지 괴롭혔던 애스트로스도 까다롭지만, 막강 투수진을 앞세워 레인저스와의 상대 전적에서 앞서고 있는 양키즈는 진심으로 피하고 싶은 팀이었다.

94승으로 포스트시즌 진출 팀 중 가장 낮은 승률을 기록한 로열스도 떨떠름한 표정이었다.

레인저스도 부담스러웠지만 강력한 투수진을 보유한 레드삭스는 더욱 껄끄러웠다.

캔자스시티 언론에서도 로열스가 대진 운이 따르지 않았다며 안타까워했다.

애스트로스의 반응은 최악에 가까웠다.

ㄴ와일드카드 결정전이라니. 올해는 틀렸어.

ㄴ젠장, 차라리 레드삭스라면 해볼 마음이라도 생기겠는

데 한정훈을 어떻게 이기라는 거야?

ㄴ그래도 혹시 몰라. 양키즈 요즘 분위기 별로잖아.

ㄴ양키즈가 개판일 때도 한정훈은 한정훈이었어. 게다가 우린 한정훈을 상대로 단 한 번도 이긴 적이 없다고.

ㄴ어차피 두 경기 졌을 뿐이야. 포스트시즌은 다를 수 있어!

ㄴ괜히 헛된 기대 품게 하지 말라고. 솔직히 말해서 우린 마지막까지 지구 1위를 두고 싸웠어. 반면 양키즈는 일찌감치 와일드카드 결정전을 준비했다고. 그게 무슨 의미일 것 같아?

ㄴ우리 불펜들은 지쳤지만 양키즈 불펜은 여유롭겠지. 하지만 더 큰 문제는 양키즈 선발이 한정훈이라는 거야.

ㄴ그나마 최선의 시나리오라면 한정훈을 9회까지만 보고 연장전으로 끌고 가는 건데…… 그게 가능할지 모르겠어.

와일드카드 1위로 포스트시즌에 진출했지만, 애스트로스 팬 중 애스트로스가 디비전시리즈에 올라갈 것이라고 기대하는 이들은 극히 드물었다.

가장 큰 이유는 한정훈.

양키즈가 아메리칸리그 사이영상이 확실시되는 한정훈을 상대로 애스트로스가 승리할 것이라 장담하기란 애스트로스 팬들에게도 쉽지 않은 일이었다.

어수선한 건 양키즈도 마찬가지였다. 한정훈을 앞세워 와일드카드 결정전에서 애스트로스를 넘어설 수는 있겠지만 그다음은 레인저스였다.

ㄴ하리모토 쇼타의 텍사스 원정 성적이 어떻게 되지?

ㄴ원정 경기 성적이 없어. 홈경기에서 한 경기 출전한 게 전부라고.

ㄴ그때 6이닝 3실점인가 하지 않았어?

ㄴ승리 투수가 되긴 했지만, 레인저스 타자들에게 끌려가는 느낌이었어.

ㄴ그래도 모르잖아. 그땐 전반기였고 후반기 하리모토 쇼타는 제법 잘 던졌다고.

ㄴ그렇게 따지면 홈 어드밴티지를 생각해야지. 하리모토 쇼타도 홈에서 훨씬 잘 던졌으니까.

양키즈 팬들은 1차전 선발을 두고 난상 토론을 펼쳤다. 와일드카드 결정전으로 인해 한정훈을 쓸 수 없는 상황에서 누군가는 텍사스 원정 1차전을 책임져 줘야 했다.

대부분의 팬은 하리모토 쇼타가 적임자라고 여겼다. 현 양키즈 선발 로테이션상 한정훈의 빈자리를 채워줄 수 있는 건 하리모토 쇼타뿐이었다.

└하리모토 쇼타로 1차전을 잡고 2차전은 버리자. 그리고 한정훈과 하리모토 쇼타가 3, 4차전을 잡아주면 챔피언십 시리즈에 올라갈 수 있어.

└나쁘지 않은 생각이지만 현실성이 떨어져. 하리모토 쇼타에게 2승을 기대하는 건 솔직히 무리라고.

└내 생각도 같아. 나 같으면 한정훈을 2차전에 투입하겠어.

└2차전? 너 미친 거 아냐? 그렇게 되면 한정훈은 이틀을 쉬고 경기에 나가게 된다고!

└최악의 경우이긴 하지만 하리모토 쇼타가 1차전을 잡지 못한다면 어떻게 할 거야? 다나카 마스히로를 내보낼 거야? 아니면 테너 제이슨? 정신 차려. 우리에게 남은 카드는 한정훈뿐이라고.

└한정훈이 2차전에서 6이닝만 소화해줘도 양키즈에게 큰 도움이 될 거야. 만약 하리모토 쇼타가 1차전을 잡아준다면 2승을 거둔 채로 뉴욕으로 돌아올 수도 있어.

팬들의 여론을 살핀 양키즈 구단은 홈페이지를 통해 양키즈가 디비전시리즈에 진출했을 때 선발 로테이션에 대한 투표를 실시했다.

　1번 하리모토 쇼타-다나카 마스히로-한정훈-하리모토
쇼타
　2번 하리모토 쇼타-한정훈-다나카 마스히로-하리모토
쇼타
　3번 한정훈-하리모토 쇼타-다나카 마스히로-한정훈
　4번 한정훈-하리모토 쇼타-테너 제이슨-한정훈
　5번 기타 의견

　1번은 현재 양키즈가 가용할 수 있는 정상적인 투수 로테
이션이었다.
　2번은 한정훈이 와일드카드 결정전 이후 이틀만 쉬고 경
기에 나설 때를 의미했다.
　3번과 4번은 아예 한정훈 없이 와일드카드를 치르는 게 낫
다는 뉴욕 언론의 주장을 받아들인 결과였다.
　다른 게 있다면 3선발. 최근 지친 모습을 보이고 있는 다
나카 마스히로 대신 선발진의 한 축으로 자리매김 하고 있는
테너 제이슨이 들어간 정도였다.
　"몇 번이 가장 많을까?"
　"아무래도 2번이겠지?"

"한정훈에게는 미안한 일이지만 어쩔 수 없어. 한정훈이 텍사스 원정에서 한 경기 잡아주지 않는 한 챔피언십 시리즈는 없다고."

"솔직히 그렇게까지 미안할 일은 아니잖아? 한정훈은 에이스고 그만큼 많은 돈을 받으니까."

양키즈 구단 관계자들은 내심 팬들의 의견이 2번으로 몰리길 바랐다. 그래야 자연스럽게 한정훈의 2차전 투입이 가능해질 것이라고 내다봤다.

그러나 팬 투표 결과의 반응은 구단 관계자들의 예상을 완전히 빗나가 버렸다.

"그러니까…… 1번이 압도적으로 많다고?"

"네, 40%에 달하는 팬들이 1번에 투표했다고 합니다."

"40%라……."

팬 투표 결과를 보고받은 브라이언 캐시 단장이 쓴웃음을 지었다. 수년 만에 포스트시즌에 진출한 상황에서 팬들이 먼저 에이스를 보호해야 한다고 주장할 줄은 몰랐다는 반응이었다.

더 놀라운 건 2번을 선택한 팬들이 생각만큼 많지 않았다는 것이다.

"2번은 몇 퍼센트지?"

"23%입니다."

"그럼 나머지는?"

"3번이 18%, 4번이 16%입니다."

"허…… 이거 더 골치 아파졌군."

브라리언 캐시 단장이 고개를 저었다. 설문조사 항목에 3번과 4번을 포함한 건 선택지를 넓히기 위해서였다.

1번과 2번만 올릴 경우 한정훈의 조기 등판을 부추긴다는 오해를 살 수 있다는 직원들의 의견을 수렴한 것일 뿐 정말로 팬들이 3번과 4번에 투표할 것이라고는 기대하지 않았다.

그런데 무려 34%의 팬들이 3번과 4번에 투표했다. 한정훈을 디비전시리즈 1차전에 등판시키기 위해서는 와일드카드 결정전에 다른 투수를 투입해야 하는데 말이다.

"3번과 4번이 높은 이유가 뭐야? 설마 한정훈이 와일드카드 결정전과 디비전시리즈 1차전을 동시해 소화할 수 있다고 여기는 건 아니겠지?"

"혹시라도 그렇게 착각하는 팬들을 위해 추가 설명을 했는데 그걸 모든 팬이 다 봤다고 확신하긴 어려울 것 같습니다."

"그렇다 하더라도 3, 4번의 비중이 너무 높잖아? 정말로 한정훈 없이 와일드카드 결정전을 치르자는 소리야?"

"애스트로스가 막판까지 고전했으니까요. 특히나 불펜 소비가 심했을 테니 불펜 싸움으로 몰고 가도 나쁘지 않다고 생각하는 것 같습니다."

실제 몇몇 언론에서도 한정훈의 와일드카드 결정전 투입이 능사가 아니라는 취지의 기사들을 내놓았다. 애스트로스의 선발이 3선발 랜스 맥컬리스로 결정된 상황에서 굳이 한정훈을 내세울 필요가 없다는 것이었다.

마지막 시리즈를 앞두고 지구 선두였던 레인저스와 동률을 기록한 애스트로스 BJ 힌치 감독은 승부수를 띄웠다. 에인젤스와의 3연전에 3선발 랜스 맥컬리스와 에이스 댈런 카이클, 2선발 콜린 맥스를 투입하기로 결정한 것이다.

4선발을 생략하고 댈런 카이클과 콜린 맥스를 하루씩 앞당겨 등판시키려는 이유는 간단했다.

"와일드카드 결정전으로 내려가면 한정훈을 상대해야 한다. 그렇다면 차라리 전력을 다해 지구 1위를 차지하는 게 낫다."

휴스턴 언론은 지나치게 극단적인 결단을 내렸다고 우려했지만, BJ 힌치 감독은 뜻을 꺾지 않았다.

자신의 계획대로 지구 1위 탈환이 물거품이 되더라도 와일드카드를 통해 디비전시리즈에 진출할 가능성은 남아 있는 만큼 한 번 해볼 만한 도전이라고 여겼다.

하지만 BJ 힌치 감독이 야심 차게 준비한 디비전시리즈 직행 시나리오는 수포로 돌아갔다.

1, 2차전을 순조롭게 잡아냈지만, 마지막 3차전에서 콜린 맥스가 무너지면서 레드삭스에게 한 경기 차 지구 우승을 빼앗기고 만 것이다.

덕분에 와일드카드 결정전을 통해 디비전시리즈에 올라간다는 애스트로스의 차선책에도 먹구름이 끼어버린 상태였다.

당초 애스트로스는 댈런 카이클에게 휴식을 주어 와일드카드 결정전에 대비할 계획이었다. 그러나 직전 시리즈에 투입하면서 내세울 만한 투수라고는 랜스 맥컬리스밖에 남지 않은 상황이었다.

"그런데 랜스 맥컬리스를 상대로 꼭 한정훈을 내세워야 하는 거야?"

"내 말이 그 말이야. 랜스 맥컬리스는 다나카 마스히로나 테너 제이슨에게나 어울릴 만한 상대라고. 와일드카드 결정전이 단판제라고는 하지만 이런 데서 한정훈을 소비하는 건 너무 아까워."

팬들은 이번에야말로 양키즈가 대담한 선택을 내릴 필요가 있다고 말했다. 그리고 그 뜻을 3번과 4번에 모아 구단 측에 전했다.

"지라디 감독은 뭐래?"

한참을 고심하던 브라이언 캐시 단장이 조지 지라디 감독의 의견을 물었다.

"달가워하진 않던데요."

"그래서? 어떻게 하겠다고?"

"정확하게 말을 하진 않았지만, 예상대로 한정훈을 와일드카드 결정전에 투입할 것 같습니다."

"그래, 그럴 줄 알았어."

브라이언 캐시 단장이 고개를 주억거렸다. 팬들의 의견이 신경 쓰이긴 했지만, 와일드카드 결정전에서 이겨야 디비전 시리즈에 진출할 수 있었다. 그렇다면 와일드카드 결정전에 가장 승률이 높은 카드를 내놓는 게 옳았다.

디비전시리즈 선발 라인업이 골치 아프긴 했지만 그건 어디까지나 와일드카드 결정전에서 이긴 다음에 고민할 문제였다.

와일드카드 결정전 한정훈 대 랜스 맥컬리스
에이스 한정훈, 양키즈의 디비전시리즈 진출을 위해 출격!
전문가들 압도적으로 양키즈의 승리 점쳐

수순대로 한정훈은 와일드카드 결정전에 올랐다. BJ 힌치 감독이 조지 지라디 감독의 너그러운 결정을 기대한다며 정에 호소했지만 조지 지라디 감독은 끝내 강수를 두었다.

"미리부터 겁먹지 마. 상대가 한정훈이긴 하지만 오래 던지지는 못할 거야. 그러니까 그때까지만 버티자고."

BJ 힌치 감독은 선수들을 독려했다. 한정훈이 오리올스와의 첫 경기 이후 사흘 만에 등판하는 만큼 100% 컨디션은 아닐 것이라고 여겼다.

전문가들도 한정훈이 오리올스전에서 완투를 한 점을 들어 7회 이후 교체될 가능성이 크다고 여겼다. 하지만 컨디션 관리를 철저하게 해온 한정훈은 경기 초반부터 불같은 강속구를 뿜냈다.

퍼엉!

미트를 찢을 듯한 포구 소리에 1번 타자 호세 엘투베가 고개를 절레절레 흔들어 댔다.

전광판에 찍힌 구속은 103mile/h($\fallingdotseq$165.7km/h)

실제 체감 구속은 족히 106mile/h($\fallingdotseq$170.5km/h)은 되어 보였다.

'어떻게든 투구 수를 늘려야 해.'

호세 엘투베는 방망이를 짧게 잡았다. 한정훈의 포심 패스트볼은 여전히 위력적이었지만 그렇다고 해서 허무하게 물러설 생각은 추호도 없었다.

최대한 승부를 오래 끌어서 한정훈을 지치게 만들어라.

BJ 힌치 감독은 타석에 들어서려는 호세 엘투베에게 특별 주문을 내렸다.

BJ 힌치 감독은 삼진을 당해도 상관은 없지만, 최소한 5개 이상의 공을 던지게 하라고 했다.

한정훈의 투구 수가 7회 이전에 80구를 넘어선다면 애스트로스에게도 충분히 기회가 올 것이라는 소리였다.

그래서 호세 엘투베는 2구째 꽉 차게 들어오는 바깥쪽 포심 패스트볼을 지켜만 봤다.

"스트라이크!"

구심의 판정을 확인한 아담 앤더슨이 힘차게 고개를 끄덕였다. 애스트로스 타자 중 가장 까다로운 호세 엘투베를 투 스트라이크로 몰아넣었으니 아웃 카운트를 잡아내는 건 문제없다고 여겼다.

그러나 호세 엘투베는 호락호락한 상대가 아니었다.

따악!

한정훈이 3구째 던진 몸 쪽 패스트볼을 호세 엘투베가 힘껏 잡아당겼다.

다행히 타이밍이 늦어 1루 라인 선상으로 타구가 빠져나갔지만 애스트로스 파크에 모인 애스트로스 팬들의 입에서 동시에 탄성이 터져 나오게 했다.

'역시 쉽지가 않아.'

한정훈을 바라보며 호세 엘투베가 씩 웃어 보였다. 한정훈을 상대하기 위해 최고 구속이 105mile/h(≒168.9㎞/h)까지 나오는 피칭 머신으로 연습을 해왔는데 큰 도움이 된 것 같지 않았다.

하지만 호세 엘투베는 자신에게 주어진 임무에 최선을 다했다.

딱!

따악!

한정훈의 포심 패스트볼을 두 개나 더 건드린 뒤에 6구째 스플리터에 헛스윙 삼진으로 물러났다.

"잘했어! 호세!"

"좋아! 한정훈을 지치게 만들라고!"

호세 엘투베의 끈질긴 타격에 관중들이 환호성을 내질렀다. 양키즈 스타디움이었다면 당장에 야유가 쏟아졌겠지만, 와일드카드 결정전은 와일드카드 1위인 애스트로스의 홈구장에서 치러지고 있었다.

2번 타자 제이크 메리스도 한정훈에게 공 5개를 던지게 만들고 물러났다. 투 스트라이크에 몰린 뒤 파울 타구를 하나 때려내고 4구째 들어온 체인지업까지 걸러내면서 BJ 힌치 감독을 미소 짓게 했다.

3번 타자 카를로스 코어는 한술 더 떠 안타를 때려냈다.

따악!

투 스트라이크 상황에서 한정훈이 투구 수를 아끼기 위해 내던진 바깥쪽 공이 카를로스 코어의 방망이 끝에 걸리면서

2루수 키를 살짝 넘기고 만 것이다.

　－애스트로스의 타자들이 한정훈을 곤욕스럽게 만듭니다.

　－한정훈, 벌써 14개의 공을 던졌습니다만 아직 이닝을 끝내지 못하고 있습니다.

　－게다가 다음 타자는 JJ 리드인데요.

　－한정훈에게 쌓인 게 많은 타자입니다.

　애스트로스 해설진의 말처럼 타석에 들어선 JJ 리드는 단단히 독기가 올라 있었다. 한정훈과의 맞대결에서 이렇다 할 재미를 보지 못한 데다가 한정훈만 만나면 타격 페이스가 뚝 하고 떨어졌기 때문이다.

　그러나 한정훈은 더 이상 투구 수를 늘릴 생각이 없다며 초구에 몸 쪽 J－스플리터를 던져 JJ 리드의 땅볼을 유도했다.

　포심 패스트볼이라고 생각한 JJ 리드가 힘껏 방망이를 휘둘러 봤지만, 타구는 방망이 안쪽을 맞고 힘없이 3루수 마르쿠스 키엘 앞쪽으로 굴러갔다.

　－한정훈, 영리하게 4번 타자 JJ 리드를 땅볼로 돌려세웁니다.

　－와일드카드 결정전에 대한 부담이 적지 않을 텐데요. 역

시 한정훈입니다.

양키즈 중계진은 안도의 한숨을 내쉬었다. 그러면서 한정훈이 체력 관리를 할 필요가 있다고 당부했다.

하지만 한정훈은 평소만큼 투구 수를 절약하지 못했다. 2회 말 애스트로스 타자들을 세 타자 연속 삼진으로 돌려세우긴 했지만 7번 타자 저스틴 마크에게 7구 승부까지 가면서 투구 수가 29구로 늘어난 것이다.

3회 말에도 8번 타자 알퍼드 곤잘레스와 9번 타자 놀란 몬타나를 3구 삼진으로 잡아 놓고 1번 타자 호세 엘투베에게 안타를 허용했다.

원 스트라이크 원 볼 상황에서 호세 엘투베의 타이밍을 빼앗기 위해 너클 커브를 던졌지만 그걸 호세 엘투베가 기다렸다는 듯이 잡아당겨 버린 것이다.

그러나 한정훈은 2번 타자 제이크 메리스를 1루수 플라이로 돌려세우며 실점 없이 이닝을 끝마쳤다.

3이닝 2피안타 무실점. 탈삼진 7개.

기록으로만 놓고 본다면 여전히 압도적인 피칭이었지만 애스트로스 파크를 가득 메운 관중들은 기적이 일어날지도 모른다는 흥분에 가득 차 있었다.

"한정훈의 투구 수가 몇 개지?"

"아직은 여유가 있습니다. 41개입니다."

이닝당 15개 정도를 평균으로 놓고 봤을 때 한정훈의 투구 수는 아직 여유가 있었다. 하지만 한정훈의 평균 투구 수에 비하면 확실히 많은 게 사실이었다.

"한 이닝을 날려 버렸군."

조지 지라디 감독이 무겁게 한숨을 내쉬었다.

"와일드카드 결정전이니까요."

로비 토마스 벤치 코치가 어쩔 수 없다며 조지 지라디 감독을 달랬다.

오늘 경기에서 이기면 디비전시리즈에 진출하는 건 애스트로스도 마찬가지였다. 한정훈을 내보냈다고 해서 시즌 때처럼 편한 승리를 기대하는 건 욕심이었다.

그러나 조지 지라디 감독은 여전히 심각한 표정을 풀지 않았다.

'이대로 경기가 진행되면…… 한정훈을 2차전에 올리기 어려워져.'

오늘 경기에 앞서 조지 지라디 감독은 한정훈의 투구 수를 70구로 정했다. 이틀 후 레인저스 원정에 한정훈을 다시 선발로 내세우기 위해서는 투구 수를 관리해 줄 필요가 있었다.

조지 지라디 감독은 이닝당 평균 10구 정도를 던지는 한정훈이라면 70구만으로도 7이닝을 버텨줄 것이라 기대했다. 그렇게 되면 레드삭스와의 2차전에서 최소 6이닝은 맡길 수 있을 것 같았다.

그런데 고작 3회가 지났을 뿐인데 한정훈의 투구 수가 40구를 넘겨 버렸다. 특별히 컨디션에 문제가 있는 건 아니었지만 끈질기게 물고 늘어지는 애스트로스 타자들의 집요함에 하나둘씩 투구 수가 늘어나고 있었다.

그렇다면 팀 타선이라도 좀 터져 줘야 할 텐데 오늘따라 양키즈 타자들 역시 빈공에 시달리고 있었다. 애스트로스의 선발 랜스 맥컬리스의 호투에 막혀 고작 2안타밖에 때려내지 못한 것이다.

-전광판을 보십시오. 0 대 0입니다.

-안타 수도 똑같습니다. 한정훈과 랜스 맥컬리스가 똑같이 2개의 안타를 허용했습니다.

-물론 이 한 경기를 가지고 랜스 맥컬리스가 한정훈과 어깨를 나란히 했다고 평가하기는 어려울 것 같습니다. 하지만 오늘 랜스 맥컬리스가 애스트로스 팬들에게 희망을 주고 있는 건 분명한 사실입니다.

-오늘 BJ 힌치 감독이 한정훈을 6회 이전에 강판시키는 게 목표라고 했는데요.

　-만일 정말로 그런 일이 벌어진다면 레드삭스 팬들은 경기가 끝날 때까지 집중해야 할 겁니다. 어느 팀이 레드삭스의 상대가 될지 모르니까요.

　전국 중계를 맡은 콕스 TV 해설진은 생각 이상으로 재미있는 투수전이 펼쳐지고 있다며 좋아했다.

　한정훈의 압도적인 승리를 예상한 전문가가 많은 상황에서 경기가 팽팽하게 흘러간다면 더 많은 시청자의 관심을 끌어모을 수가 있었다.

　랜스 맥컬리스는 4회 초와 5회 초도 무사히 넘기며 한정훈과의 맞대결을 힘껏 버텨냈다. 2개의 안타와 2개의 사사구를 추가로 내줬지만, 결정적인 순간마다 타자들을 땅볼로 유도해 내며 단 한 점의 점수도 내주지 않았다.

　한정훈도 이에 질세라 4회와 5회를 삼자범퇴로 돌려세웠다.

　타순이 한 바퀴 돈 터라 체인지업의 비중을 높이고 유인구를 적극적으로 활용했다. 덕분에 3번 타자 카를로스 코어부터 시작해 8번 타자 알퍼드 곤잘레스까지 한정훈의 공을 제대로 공략하지 못했다.

하지만 그 과정에서 투구 수는 빠르게 늘어갔다.

4회까지 54구.
5회가 끝났을 때 68구.

조지 지라디 감독이 생각했던 제한 투구 수 70개가 코앞으로 다가왔다.

"미치겠군."

조지 지라디 감독의 입에서는 한숨이 끊이질 않았다.

평소보다 많은 한정훈의 투구 수는 둘째 치고 랜스 맥컬리스에게 꽁꽁 틀어 막혀 버린 타자들은 완전히 계산 밖이었다.

당초 계획대로라면 7회 이전에 타자들이 3점 이상을 뽑아내 줘야 했다. 랜스 맥컬리스가 좋은 투수이긴 하지만 양키즈의 자랑인 제이크 햄튼과 그린 버드가 공략하지 못할 정도는 아니라고 여겼다.

그러나 믿었던 제이크 햄튼과 그린 버드는 나란히 3타수 무안타에 빠져 있었다. 설상가상으로 BJ 힌치 감독이 6회 초에 투수 교체를 단행했다. 선발 투수 랜스 맥컬리스의 투구 수가 90구를 넘어섰기 때문이다.

6회 초 공격에서 지친 랜스 맥컬리스를 무너뜨릴 수 있을 것이라며 호언장담했던 코치들은 하나같이 입을 다물어 버렸다.

어지간해서는 웃음을 잃지 않던 로비 토마스 코치도 좀처럼 경기가 풀리지 않는다며 고개를 흔들어 댈 정도였다.

랜스 맥컬리스에 이어 마운드에 올라온 토미 짐은 양키즈의 하위 타선을 삼자 범퇴로 돌려세우고 마운드에서 내려갔다.

그를 향해 애스트로스 팬들이 뜨거운 박수갈채를 보냈다. 시즌 막판에 콜업 된 어린 투수가 큰 경기에서 팀을 위해 제몫을 다해주었기 때문이다.

그럴수록 한정훈의 두 어깨는 무거워졌다.

"후우……."

마운드에 남아 있는 토미 짐의 흔적들을 지우며 한정훈이 무겁게 한숨을 내쉬었다.

단판 승부, 원정 경기, 사흘 만의 등판.

불리한 요소가 많았지만, 그보다 신경이 쓰이는 건 이런 식으로 경기가 진행된다면 레드삭스와의 2차전에 선발 등판하지 못하게 될 것이라는 점이었다.

와일드카드 결정전이 우선이라 조지 지라디 감독은 아직

디비전시리즈에 대한 선발 운영을 밝히지 않았다.

그러나 대부분의 뉴욕 언론은 한정훈이 레드삭스와의 2차전에 등판하는 게 최선이라고 입을 모았다.

한정훈도 가능하다면 레드삭스와의 2차전에 나가고 싶었다. 하리모토 쇼타가 시즌을 치르며 빠르게 성장하긴 했지만, 첫 승에 대한 부담이 클 수밖에 없었다. 이런 상황에서 한정훈이 2차전에 나서준다면 하리모토 쇼타도 비교적 가벼운 마음으로 경기에 임할 수 있었다.

물론 2차전 등판을 위해서는 몇 가지 전제 조건이 따랐다.

가장 중요한 건 와일드카드 결정전의 승리였다. 와일드카드 결정전을 내준다면 레인저스 원정도 사라질 수밖에 없었다.

한정훈은 가능하다면 경기 초반에 승부가 갈리길 바랐다. 자신이 마운드를 지키는 동안 타자들이 점수를 뽑아내 줘서 자연스럽게 불펜으로 넘어간다면 그도 마음 놓고 마운드를 넘겨줄 수 있을 것 같았다.

그러나 0 대 0의 균형이 깨지지 않는 상황에서 더는 레드삭스와의 2차전을 염두에 둘 수가 없게 됐다.

"일단은 와일드카드 결정전을 이기는 게 먼저야."

한정훈이 이내 마음을 다잡았다. 그리고 아담 앤더슨의 초구 사인에 있는 힘껏 공을 내던졌다.

퍼엉!

묵직한 포구음이 경기장에 울려 퍼졌다. 뒤이어 오늘 경기 최고 구속인 $104mile/h(≒167.3㎞/h)$이 전광판에 찍혔다.

한정훈의 몸 쪽 패스트볼에 기겁하고 물러났던 9번 타자 놀란 몬타나는 공을 건드려 보지도 못하고 3구 삼진으로 물러났다.

뒤이어 타석에 들어선 호세 엘투베도 마찬가지. 두 타석 연속 안타를 노렸으나 전력을 다해 내던지는 한정훈의 포심 패스트볼에 밀려 1루수 앞 땅볼에 그치고 말았다.

2번 타자 제이크 메리스까지 삼진으로 잡아낸 뒤 한정훈은 당당히 마운드를 내려왔다.

"정훈, 고생 많았어."

더그아웃에 돌아온 한정훈을 조지 지라디 감독이 반겼다. 그런 조지 지라디 감독을 바라보며 한정훈이 단호한 목소리로 말했다.

"오늘 경기는 제가 책임지겠습니다."

만약 지금이 월드 시리즈 마지막 경기였다면 조지 지라디 감독은 고맙다는 눈으로 한정훈을 바라봤을 것이다. 아니, 애당초 한정훈을 믿고 경기를 맡기려 했을 것이다.

하지만 와일드카드 결정전에서 한정훈을 완전히 소비해야 하는 조지 지라디 감독은 입맛이 썼다.

"어쩔 수 없지. 잘 부탁하네."

조지 지라디 감독이 마지못해 고개를 끄덕였다.

0 대 0.

와일드카드 결정전의 승리를 장담하기 어려운 상황에서 한정훈을 아낀다는 건 코미디나 다름없었다.

그러나 오늘 경기를 한정훈에게 온전히 맡긴다면 최소한 디비전시리즈 진출까지는 문제없을 것 같았다.

"기왕 이렇게 된 거 끌려가지 않겠어."

조지 지라디 감독은 입술을 질근 깨물었다. 한정훈의 디비 전시리즈 2차전 등판이 물 건너간 상황에서 더 이상은 BJ 힌 치 감독의 농간에 놀아날 생각이 없었다.

"브라이언 리 타석이지?"

"네."

"사인 내."

"여기서요?"

"그래, 저 녀석 마이너리거잖아."

조지 지라디 감독의 시선이 마운드에 선 토미 짐에게 향 했다.

앞선 5회 초를 깔끔하게 막아내긴 했지만 토미 짐은 마이너리그에서 콜업된 지 얼마 되지 않은 투수였다. 큰 경기 경험도 없을 테고 돌발 상황에 대한 대처 능력도 떨어질 수밖에 없었다.

"알겠습니다."

로비 토마스 벤치 코치는 조지 지라디 감독의 뜻을 3루 코치에게 전했다. 그리고 그 사인이 세 타석에서 무안타에 그친 브라이언 리에게 전달됐다.

'그렇지 않아도 뭔가 하려고 했었는데 잘됐어.'

브라이언 리가 애써 웃음을 삼켰다. 작전이 나오지 않았더라도 기습 번트를 대볼 생각이었는데 벤치에서 대놓고 사인을 주니 마음이 한결 가벼워졌다.

그런줄도 모르고 토미 짐은 초구부터 자신의 주 무기인 $101mile/h(≒162.5㎞/h)$짜리 포심 패스트볼을 한가운데 집어넣었다.

따악!

재빨리 몸을 낮춘 브라이언 리가 침착하게 번트를 댔다. 공이 빨라 방망이가 살짝 밀렸지만, 덕분에 타구가 힘을 잃으며 3루 라인 쪽으로 흘렀다.

"놔둬!"

번트에 대한 대비를 전혀 하지 못했던 3루수 놀란 몬타나는 포구를 포구했다. 성급히 타구로 달려드는 투수 토미 짐을 막아 세운 뒤 타구가 파울이 되길 기다렸다.

하지만 라인을 타고 흐르는 타구는 좀처럼 파울이 될 생각을 하지 않았다. 게다가 순식간에 1루로 내달린 브라이언 리가 2루를 노릴 것처럼 굴자 토미 짐이 더는 참지 못하고 공을 잡고 말았다.

"돌아와! 어서!"

상황을 지켜보던 1루 베이스 코치가 다급히 소리쳤다. 브라이언 리도 욕심부리지 않고 1루를 밟은 뒤 양키즈 더그아웃을 향해 주먹을 들어 올렸다.

"잘했어! 브라이언!"

"바로 그거야!"

양키즈 선수들이 더그아웃 난간에 매달려 환호성을 내질렀다. 기습 번트이긴 하지만 지금 이 순간 양키즈에게 가장 필요한 안타가 나온 것이다.

양키즈 중계석도 브라이언 리가 적시타를 때려낸 것처럼 호들갑을 떨었다.

-브라이언 리! 재치 있는 기습 번트로 안타를 만들어냅니다!

-오늘 경기 처음으로 선두 타자가 출루하는데요.

-양키즈에게 지금 당장 필요한 건 단 한 점이죠. 그 한 점

만 뽑아낸다면 오늘 경기를 유리하게 끌고 갈 수 있습니다.

에이스 한정훈이 마운드를 지키고 있는 가운데 양키즈에게 필요한 점수는 단 한 점이었다.

만약 다른 투수였다면 넉넉하게 서너 점은 뽑아야 안심을 하겠지만 한정훈이라면 단 한 점으로도 충분해 보였다.

"다시 작전을 내."

조지 지라디 감독도 그 한 점을 뽑아내기 위해 번트 사인을 냈다.

따악.

비비 그레고리우스는 무리하지 않고 침착하게 3루 간으로 타구를 굴렸다. 3루수 놀란 몬타나가 이번에는 빠르게 달려들어 타구를 낚아챘지만, 그때는 이미 1루 주자 브라이언 리가 2루를 향해 몸을 내던진 뒤였다.

"제길!"

2루는 늦었다고 판단한 놀란 몬타나가 어쩔 수 없이 1루로 공을 내던졌다. 타자 주자 비비 그레고리우스가 전력을 다해 내달렸지만, 공은 그보다 먼저 1루수 존 싱글의 글러브 속에 빨려 들어갔다.

"아웃!"

1루심의 선언과 함께 무사 1루가 1사 2루로 바뀌었다. 뒤

이어 타석에 3번 타자 제이크 햄튼이 들어섰다.

홍! 후웅!

마치 이 순간을 기다렸다는 듯 제이크 햄튼이 보란 듯이 방망이를 휘돌렸다. 그리고는 매서운 눈으로 토미 짐을 노려보았다.

꿀꺽.

토미 짐은 마른침을 꿀꺽 삼켰다. 실점 위기 상황에서 산도둑같이 생긴 제이크 햄튼과 만났으니 자신도 모르게 겁을 집어먹은 것이다.

기 싸움의 패배는 투구 결과로 이어졌다.

"볼!"

제이크 햄튼과의 맞대결을 피하듯 연거푸 네 개의 볼을 던져 위기를 자초한 것이다.

"젠장할!"

보다 못한 BJ 힌치 감독이 마운드에 올라 토미 짐을 강판시켰다. 그리고 우완 불펜 투수 자넬 구스타프에게 공을 넘겨줬다.

"부담 갖지 말고 아웃 카운트를 늘리는 데 집중해. 알았어?"

BJ 힌치 감독은 경험 많은 자넬 구스타프라면 양키즈의 중심 타선을 잘 상대해 줄 것이라 기대했다.

"걱정 마세요. 꼭 막아내겠습니다."

자넬 구스타프는 제 가슴을 두드리며 자신감을 내비쳤다. 이번 위기만 넘기면 경기 흐름이 다시 애스트로스 쪽으로 넘어올 것이라는 걸 본능적으로 알아챈 것이다.

"반드시 잡아내겠어!"

힘 있게 연습 투구를 내던지며 자넬 구스타프가 마음을 다잡았다. 같은 이유로 그린 버드도 힘껏 방망이를 휘둘렀다.

마운드에 한정훈이 버티고 있다지만 팀의 4번 타자로서 모든 짐을 에이스에게 떠넘기고 싶은 마음은 눈곱만큼도 없었다.

연습 투구가 끝난 뒤 구심이 자넬 구스타프에게 사인을 보냈다.

후아앗!

자넬 구스타프의 초구가 바깥쪽으로 낮게 제구가 됐다. 그린 버드가 바깥쪽 코스를 노리고 있었지만, 코스가 절묘해 방망이를 내밀지 못했다.

"스트라이크!"

잠시 망설이던 구심이 오른팔을 들어 올렸다. 그린 버드가 공이 낮지 않냐고 항의해 봤지만 구심의 판정은 달라지지 않았다.

오히려 괜히 구심에게 어필했다가 불이익을 받았다.

"스트라이크!"

2구째 높은 몸 쪽 커브가 스트라이크로 잡혀 버리고 만 것이다.

"하아……."

그린 버드가 고개를 절레절레 흔들었다. 구심의 판정도 야속했지만 이런 상황을 자처한 스스로에게 화가 났다.

반면 자넬 구스타프는 그린 버드를 삼진으로 잡아낼 수 있다는 생각에 신이 나 있었다.

'그린 버드만 잡으면 돼. 더스티 애클리는 아무것도 아니라고.'

양키즈의 중심 타자 중 자넬 구스타프가 가장 까다롭게 여기는 상대는 제이크 햄튼이었다.

자넬 구스타프는 이번 시즌 제이크 햄튼을 두 번 상대해 2루타 하나와 홈런 한 방을 허용했다.

2타수 2안타. 피안타율 10할.

타수가 적긴 했지만 거의 천적에 가까운 데이터였다.

제이크 햄튼 다음으로 까다로운 건 당연히 그린 버드였다. 세 번 상대해 2루타 하나만 내줬지만 빠른 공에 강하면서도 유인구에 쉽게 속지 않는 그린 버드의 침착함은 유인구 승부를 추구하는 자넬 구스타프와 잘 맞지 않았다.

그러나 5번 타자 더스티 애클리라면 이야기는 달랐다. 총 세 차례 승부해 삼진 하나, 땅볼 2개 삼타수 무안타로 자넬 구스타프가 꽁꽁 틀어막고 있었다.

자넬 구스타프는 가능하다면 그린 버드를 삼진으로 잡고 더스티 애클리와 승부하고 싶었다. 하지만 BJ 힌치 감독의 생각은 달랐다.

"땅볼을 유도해서 더블플레이를 노려. 더스티 애클리는 경험 많은 타자라고."

BJ 힌치 감독은 더스티 애클리까지 승부를 끌고 가는 건 좋지 않다고 판단했다. 포수 알퍼드 곤잘레스도 BJ 힌치 감독과 같은 생각이었다.

'지금은 삼진 욕심을 부릴 때가 아냐. 빨리 이번 이닝을 끝 내는 게 중요하다고.'

알퍼드 곤잘레스는 3구째 몸 쪽으로 파고드는 무릎 높이 의 슬라이더를 요구했다. 삼진 위기에 몰린 그린 버드라면 이 공에 방망이를 내밀 수밖에 없다고 여겼다.

'젠장.'

자넬 구스타프가 마음에 들지 않는다는 표정을 지었지만 알퍼드 곤잘레스가 더그아웃 지시라는 사실을 일러주자 마 지못해 고개를 주억거렸다. 그리고는 알퍼드 곤잘레스의 미 트 쪽으로 공을 내던졌다. 그런데 무릎 높이로 낮게 깔려야 할 공이 벨트 높이로 날아들었다.

'왔다!'

자넬 구스타프의 실투라는 걸 직감한 그린 버드는 망설이지 않고 방망이를 내돌렸다.

따악!

방망이 중심에 맞은 공이 쭉 뻗어 오른쪽 담장을 직격했다. 그것으로도 모자라 수비를 위해 달려온 우익수 존 스프링어의 키를 넘어 센터 쪽으로 데굴데굴 굴러갔다.

그사이 2루 주자 그린 버드가 여유롭게 홈을 밟았다. 그리고 1루 주자 제이크 햄튼이 숨도 쉬지 않고 3루를 지나 홈으로 내달렸다.

"홈! 홈!"

뒤늦게 공을 잡은 존 스프링어를 향해 2루수 호세 엘투베가 소리쳤다. 존 스프링어는 있는 힘껏 홈을 향해 공을 내던졌다. 도움닫기까지 하며 내던진 터라 송구는 바운드 없이 단숨에 알퍼드 곤잘레스를 향해 날아갔다.

"슬라이딩 해! 슬라이딩!"

제이크 햄튼과 송구를 번갈아 바라보던 브라이언 리가 마지막 순간 슬라이딩을 외쳤다.

"으아아아!"

제이크 햄튼이 고꾸라지듯 홈을 향해 몸을 던졌다. 그와 동시에 공을 받은 알퍼드 곤잘레스가 팔을 쭉 뻗어 제이크 햄튼을 찍어 눌렀다.

촤라라락!

뿌연 흙먼지가 걷히고 홈 승부의 결과가 육안으로 드러났다.

제이크 햄튼의 왼팔은 홈 플레이트에 닿아 있었다. 그리고 그 위로 알퍼드 곤잘레스의 미트가 닿아 있었다.

"세이프!"

구심은 제이크 햄튼이 먼저 홈에 들어왔다고 선언했다. 그러자 BJ 힌치 감독은 인정할 수 없다며 비디오 판독을 신청했다.

그렇게 잠시 경기가 중단됐다. 애스트로스 파크에 모인 관중들은 한목소리로 아웃을 외치며 경기 결과가 번복되기를 바랐다.

하지만 정정은 없었다. 비디오 판독 결과를 전해 들은 3루심이 두 팔을 벌리며 추가 득점을 인정했다.

"젠장, 그게 어떻게 세이프야!"

"저 자식들 양키즈에게 뇌물을 받은 게 틀림없어!"

애스트로스 팬들은 비디오 판독 결과를 쉽게 받아들이지 않았다. 타자들이 열심히 괴롭히고 있다지만 양키즈의 마운드는 여전히 한정훈이 버티고 있었다. 1 대 0도 버거운 상황에서 2 대 0은 경기를 포기하라는 소리나 다름없었다.

그러나 추가 득점에 성공한 양키즈도 생각만큼 들뜬 분위기는 아니었다. 더그아웃으로 돌아온 제이크 햄튼이 어깨 통증을 호소한 것이다.

"부상 부위가 심상치 않은데요?"

로비 토마스 코치가 불안한 얼굴로 말했다.

"젠장할! 젠장할!"

좀처럼 뜻대로 풀리지 않는 경기 속에서 조지 지라디 감독이 거칠게 욕지거리를 내뱉었다.

1사 주자 2루 상황이 이어졌지만 추가 득점은 나오지 않았다. 이후 한정훈은 남은 네 이닝을 깔끔하게 틀어막으며 양키즈의 승리를 지켰다.

최종 스코어 2 대 0.

와일드카드 결정전에서 승리한 양키즈가 아메리칸리그 마지막 디비전시리즈 참가 팀이 됐다.

하지만 조지 지라디 감독의 표정은 편치가 않았다.

완봉했지만 한정훈이 115구나 던졌고 그린 버드와 함께 중심 타선의 중량감을 채워주었던 제이크 햄튼이 부상으로 빠지게 됐다.

이런 상황에서 레인저스와 디비전시리즈를 치르게 됐으니 기쁨보다 한숨이 나오는 게 당연해 보였다.

　설상가상 한정훈에게도 좋지 않은 소식이 전해졌다.

　"한정훈 선수, 잠깐 이것 좀 보셔야겠는데요."

　경기가 끝나고 집으로 돌아가는 길에 김상엽 팀장이 한정훈에게 서류 하나를 내밀었다.

　김상엽 팀장의 표정에서 불길함을 읽은 한정훈은 굳은 얼굴로 서류 안 내용물을 꺼냈다. 아니나 다를까. 그 속에는 자신이 모르고 있던 또 다른 김초롱 아나운서의 모습이 담겨 있었다.

109장
포스트 시즌(1)

"충격…… 받으셨습니까?"

김상엽 팀장이 조심스럽게 말을 붙였다.

한정훈에게 서류를 살핀 지 10여 분이 지났다. 하지만 한정훈은 지금까지 아무런 감정 표현조차 하지 않고 있었다.

"잠깐 차 세울까요?"

김상엽 팀장이 다시 물었다. 자신 때문에 한정훈이 억지로 참고 있는 거라면 차를 세워두고 한정훈에게 감정을 추스를 시간을 주고 싶었다.

그러자 한정훈이 괜찮다며 웃어 보였다.

"큰 충격받은 거 아니니까 너무 걱정하지 마세요. 그냥……."

"······?"

"왜 불길한 예감은 틀리지 않나 싶네요."

한정훈이 손에 든 사진을 내려놓았다. 사진 속에서 김초롱 아나운서는 낯선 남자와 다정한 시간을 보내고 있었다.

물론 정식으로 미래를 약속하고 교제를 하던 사이는 아니니 그럴 수도 있다 여겼다. 그러나 한정훈을 만나고 헤어진 그 날 다른 남자와 호텔에 들어가는 건 변명의 여지가 없었다.

"이 남자는 누구예요?"

"로버트 박이라고 한국계 미국 배우라고 합니다."

"둘이 잘 어울리네요."

"그, 그런가요?"

"네, 이렇게 놓고 보니까 내가 낄 자리가 없겠어요."

한정훈은 애써 사진에서 눈을 뗐다. 충격이 아예 없진 않았지만, 성현주와 살며 면역력이 생긴 덕분일까. 차라리 이쯤에서 브레이크를 밟았다는 사실이 다행스럽게 느껴졌다.

그때였다.

지이잉.

한정훈의 핸드폰으로 김초롱 아나운서의 문자 메시지가 도착했다.

-정훈 씨 디비전시리즈 진출한 거 축하해요!

문자 내용을 확인한 한정훈은 마음이 찹찹해졌다. 분명 축하하는 내용이었지만 과연 김초롱 아나운서가 진심으로 자신을 축하하고 있을지는 확신이 서질 않았다.

-네, 고마워요.

정훈은 짧게 답을 보냈다. 이후로 김초롱 아나운서가 메시지를 보내 왔지만, 굳이 읽지도 답장하지도 않았다.

"힘드시다면 제가 정리할까요?"

김상엽 팀장이 다시 룸미러를 힐끔거리며 물었다.

한정훈과 김초롱 아나운서가 아직 공식적으로 사귀는 사이가 아닌 만큼 매니지먼트 차원에서 얼마든지 정리가 가능했다. 실제로 연예계에 막 데뷔한 남자 아이돌이 다른 소속사 여자 가수와 썸을 탄다는 소문을 입수했을 때 소속사 차원에서 둘 사이를 떼 놓은 경험도 있었다.

"알아서 해주세요."

한정훈은 이내 고개를 주억거렸다. 김상엽 팀장의 제안을 거절하고 판도라의 상자를 열지 않았다면 모르겠지만 인제 와서 김상엽 팀장의 도움을 마다하는 것도 웃길 노릇이었다.

"그럼 그 문제는 제가 조용히 처리하도록 하겠습니다."

김상엽 팀장이 다시 운전에 집중했다. 몸도 마음도 지친 한정훈에게 그가 할 수 있는 최선은 한시라도 빨리 집에 데려다주는 것뿐이었다.

그러나 집에 도착한 다음에도 한정훈은 편히 쉴 수가 없었다.

—정훈! 지금 내 집으로 좀 와.

"왜? 무슨 일인데? 나 피곤해."

—피곤해? 그럼 좋아. 내가 갈게. 비밀번호는 지난번 그대로지?

하리모토 쇼타가 모모코를 앞장세워서 집에 들이닥친 것이다.

막 화를 내려던 한정훈도 미안함이 가득한 얼굴로 들어오는 모모코 앞에서는 차마 화를 내기가 어려웠다.

"미안해요, 정훈 오빠."

"아냐, 잘 왔어. 그런데 그건 뭐야?"

"오늘 고생하셨잖아요. 뭐라도 만들어드리고 싶어서요."

"잘됐네. 그렇지 않아도 뭘 먹을까 고민하고 있었거든."

한정훈이 씩 웃었다.

"잘했어, 모모."

덕분에 잔소리의 위기를 넘긴 하리모토 쇼타가 가슴을 쓸어내렸다.

"조금 걸리니까 이야기들 나누고 있어요."

모모코는 바리바리 싸 온 음식 재료들을 가지고 주방으로 사라졌다. 그사이 한정훈과 하리모토 쇼타는 거실 소파에 자리를 잡고 앉았다.

"힘들지?"

"그럼 안 힘들겠냐?"

"오늘 공 엄청 던지더라."

"하아, 말도 마. 진짜 짜증 날 뻔했으니까."

2 대 0.

두 점 차로 리드 당하는 상황에서도 애스트로스 타자들은 한정훈의 투구 수 늘리기에 초점을 맞췄다. 중심 타자들을 제외하고는 누구 하나 제대로 된 스윙을 하지 않았다. 안타를 때려내기보다는 어떻게든 공을 건드려서 한정훈의 체력을 갉아먹으려 노력했다.

7회까지 던진 공이 무려 100구.

정규 시즌에서 이닝당 10개 남짓 던지던 걸 감안하면 30구 이상 더 던진 셈이나 마찬가지였다.

그나마 8회 이후로 BJ 힌치 감독이 작전을 변경하면서 최종 투구 수는 115구에서 멈췄다. 만약 6회 초 공격에서 점수가 나지 않았다면 한정훈은 프로 데뷔 이후 최다 투구 수를 경신했을지 몰랐다.

"너 체력 좀 키워야겠더라."

하리모토 쇼타가 피식 웃었다. 무적이라 여겼던 한정훈이 앓는 소리를 해대니 낯설면서도 재미있는 모양이었다.

"나보다는 네가 더 걱정인데?"

한정훈이 퉁명스럽게 대답했다. 오늘 완투로 인해 한정훈의 디비전시리즈 2차전 선발 등판은 물 건너 가버렸다. 뉴욕 언론들이 극성스럽다 해도 이틀 전 경기에서 115구를 던진 투수를 다시 선발로 세워야 한다는 말도 안 되는 주장을 펼칠 수는 없었다.

자연스럽게 한정훈의 디비전시리즈 선발은 3차전으로 결정 났다.

양키즈 스타디움에서 치러지는 홈경기.

와일드카드 결정전 이후 4일을 쉬는 만큼 컨디션 조절에는 문제가 없었다.

그래서 전문가들은 디비전시리즈의 향방이 4차전에서 결정 날 것이라고 입을 모았다. 그리고 그 4차전은 이변이 없는 한 1차전 선발인 하리모토 쇼타의 몫이었다.

"하아, 젠장. 그것 때문에 미치겠다니까."

하리모토 쇼타가 소파에 벌렁 드러누웠다. 1차전 선발로 낙점된 순간부터 4차전 등판을 염두에 두고 있었지만, 막상 한정훈 없이 텍사스 원정 경기를 치러야 한다고 생각하니 부담감이 커진 것이다.

한정훈에게 미안한 이야기였지만 하리모토 쇼타는 가능하면 한정훈이 디비전시리즈 2차전에 등판해 주길 바랐다. 사흘 만의 등판인 만큼 긴 이닝을 소화하는 건 어렵겠지만 최소 6이닝만 막아줘도 충분히 승산이 있다고 여겼다.

한정훈이 디비전시리즈 2차전에 등판하면 자연스럽게 5차전에도 선발 등판할 수 있었다. 디비전시리즈 1, 2차전과 마지막 5차전은 레인저스 홈구장에서 열린다.

양키즈 선발 투수 중 홈경기에 강한 레인저스 타자들을 상대로 승리를 따낼 수 있는 가장 확실한 카드는 역시나 한정훈밖에 없었다.

하지만 한정훈이 오늘 경기에서 무리하면서 한정훈의 디비전시리즈 2차전 등판은 물 건너갔다. 3차전에 정상 컨디션으로 등판한다지만 5차전 등판은 사실상 힘들었다. 한정훈이라는 양키즈 최고의 카드를 5전 3선승제로 치러지는 디비전시리즈에서 단 한 번밖에 사용하지 못하게 된 것이다.

경기 후 조지 지라디 감독은 원정 1, 2차전 선발로 하리모토 쇼타와 테너 제이슨을 예고했다. 3선발 다나카 마스히로의 컨디션이 좋지 않은 상황에서 텍사스 원정에 투입하기란 무리라고 판단한 것이다.

하리모토 쇼타-테너 제이슨-한정훈으로 이어지는 선발 로테이션은 양키즈가 내세울 수 있는 최고의 조합이었다. 보통 3차전으로 이루어지는 정규 시즌에서 이 조합을 만났다면 레인저스도 결코 위닝 시리즈를 장담하지 못했을 것이다.

하지만 디비전시리즈는 3차전이 아니라 5차전까지 열렸다. 5경기 중 3경기를 먼저 이기는 팀이 7전 4선승제의 챔피언십 시리즈에 올라갈 수 있었다.

양키즈가 레드삭스와 5차전까지 경기를 치른다고 가정했을 때 선발 로테이션은 하리모토 쇼타-테너 제이슨-한정훈-하리모토 쇼타-테너 제이슨 순서였다. 2차전에서 테너 제이슨이 부진할 경우 5차전에 다나카 마스히로가 대신 등판할 수 있다는 변수를 제외한다면 이 순서가 바뀔 가능성은 없었다.

이에 맞서는 레인저스의 선발 순서는 다르비스 유-콜 헤먼스-마틴 페레이즈다. 올 시즌 16승을 거두며 제 몫을 다한 다르비스 유와 13승으로 다르비스 유의 뒤를 받친 마틴 페레이즈. 시즌 9승에 그쳤지만 빅게임 피처로 명성이 높은 콜 헤먼스까지 만만하게 볼 투수가 한 명도 없었다.

게다가 대진운도 좋지 않았다. 양키즈가 2-4-1선발 순서인 반면 레인저스는 1-2-3선발 순서였다. 선발 순위로만 놓고 봤을 때 3차전을 제외하고 레인저스가 앞서는 구도였다.

1, 2차전이 레인저스의 홈인 텍사스에서 열린다는 점도 부담스러웠다. 하리모토 쇼타는 올 시즌 레인저스 원정에 단 한 번도 등판한 적이 없었다. 테너 제이슨도 마찬가지였다. 타자 친화적인 구장으로 유명한 알링턴 파크 마운드에 서 본 역사가 없었다.

이런 두 사람이 1, 2차전에서 상대해야 할 투수는 에이스 다르비스 유와 홈에서만 7승을 거둔 콜 헤먼스였다.

전문가들은 양키즈가 1, 2차전을 전부 내줄 가능성을 크게 봤다.

1차전의 경우 하리모토 쇼타가 텍사스 원정에서 선배이자 일본의 원조 에이스인 다르비스 유를 상대로 얼마나 평정심을 유지하느냐가 관건이라면서도 전문가 대부분이 레드삭스의 판정승을 예상했다.

2차전 예상은 거의 압도적이었다. 테너 제이슨이 젊은 패기로 콜 헤먼스의 노련함을 이겨낼지도 모른다고 전망하면서도 정작 양키즈가 이길 것이라고 내다보는 전문가는 단 한 명도 없었다.

만에 하나 전문가들의 예상대로 시리즈가 진행된다면 양키즈는 2패를 떠안고 뉴욕으로 돌아오게 된다. 3차전이야 홈에서 절대적으로 강한 에이스 한정훈이 등판하니 양키즈가 승리를 따낼 가능성이 컸다.

하지만 레인저스 입장에서는 한 경기 줘도 상관없는 상황이었다. 4차전에는 홈경기와 원정 경기의 편차가 거의 없는 다르비스 유가 다시 등판한다. 설사 4차전을 내줘도 5차전에는 홈에서 강한 콜 헤먼스가 기다리고 있었다.

그래서 뉴욕 언론은 이번 디비전시리즈의 키를 하리모토 쇼타가 쥐고 있다고 떠들어댔다. 하리모토 쇼타가 1차전과 4차전을 잡아 줘야 양키즈가 챔피언십 시리즈에 올라갈 수 있다며 압박했다.

자연스럽게 하리모토 쇼타의 부담감은 커져만 갔다. 자신에게 주어진 두 경기 중 한 경기만 이겨도 제 몫을 다한 것이라 여겼는데 이제 꼼짝없이 두 경기를 모두 이겨내야 하는 상황에 부닥치게 된 것이다.

1차전은 적지에서 치른다는 부담감이 컸다. 그리고 4차전은 사흘 휴식 후 등판해야 하는 페널티가 따라붙었다.

"너, 사흘 쉬고 등판한 적 있어?"

한정훈이 걱정스러운 얼굴로 물었다.

"하아. 아니, 없어."

"그럼 좀 힘들겠는데? 1차전에 투구 수 관리 좀 하든가."

"그게 말처럼 쉽냐? 난 네가 아니라고. 게다가 상대는 레인저스야. 아메리칸리그팀 타율 1위 팀이라고."

하리모토 쇼타가 땅이 꺼져라 한숨을 내쉬었다. 단순히 정규 시즌이라면 한 경기 지더라도 다음번에 잘 던지면 된다고 스스로를 위안하겠지만 포스트시즌이라면 이야기가 달랐다.

오랜만에 포스트시즌에 진출하면서 언론과 팬들의 기대감이 높아져 있는데 거기에 찬물을 끼얹고 싶은 마음은 눈곱만큼도 없었다.

"방법 좀 알려줘."

"무슨 방법?"

"너처럼 잘 던지는 방법."

"뭐?"

한정훈은 하리모토 쇼타가 재미없는 농담을 한다고 여겼다. 하지만 하리모토 쇼타는 진지했다. 디비전시리즈에 진출한 만큼 팬들에게 두고두고 욕먹을 짓은 하고 싶지 않았다.

하지만 제아무리 한정훈이라고 해서 하리모토 쇼타를 단숨에 전성기의 클레이튼 커쇼로 만들 수는 없는 노릇이었다.

"그냥 부담 갖지 말고 던져."

"뭐야? 네 일 아니다 이거냐?"

"너 후반기 성적 좋아. 미리부터 걱정할 필요 없다고."

양키즈 선발진 중 하리모토 쇼타의 후반기 성적은 한정훈 다음으로 좋았다.

15경기에 출전해 7승 3패.

평균 자책점 2.05.

하리모토 쇼타의 성공에 물음표를 붙였던 뉴욕 언론들조차 앞다투어 양키즈의 좌완 에이스라고 추켜세울 정도였다.

그러나 하리모토 쇼타는 그 정도로 안심이 되지 않았다.

"상대가 다르비스 유잖아."

레인저스의 에이스 다르비스 유는 올 시즌 회춘했다는 평가를 받을 만큼 빼어난 피칭을 선보였다. 목표였던 20승 도전에는 실패했지만 2.95의 평균 자책점을 기록하면서 에이스로서 제 몫을 다 했다는 평가를 받고 있었다.

일본 투수 간 맞대결이 성사됐다며 기뻐하던 일본 언론들조차 1차전은 다르비스 유가 우세할 것이라는 전망을 쏟아내고 있었다. 그렇다 보니 하리모토 쇼타도 다르비스 유를 상대로 이길 수 있다는 확신을 갖지 못하고 있었다.

하지만 포스트시즌에서 자신보다 한 수 아래의 투수를 만나길 바라는 건 지나친 욕심이었다.

"그래서? 다르비스 유한테 챔피언십 시리즈를 양보할 거야?"

"그런 말이 아니잖아."

"그럼 뭐가 문제야? 상대가 누구든 간에 싸워서 이겨. 그럼 되는 거잖아."

한정훈이 퉁명스럽게 쏘아붙였다. 하리모토 쇼타의 불안한 마음을 모르지는 않지만, 그 정도 오기도 없다면 디비전 시리즈는 해보나마나일 것 같았다.

"너…… 정말 짜증 나."

하리모토 쇼타가 못마땅한 눈으로 한정훈을 바라봤다. 그저 제대로 된 위로를 듣고 싶을 뿐인데 한정훈은 그 한마디를 해주려 하지 않았다.

하지만 한정훈의 말이 틀린 건 또 없었다. 상대가 누구고 주변에서 뭐라고 떠들든 간에 양키즈가 챔피언십 시리즈에 올라가기 위해서는 어떻게든 3승을 올려야 했다. 그중 한 경기를 에이스인 한정훈이 책임지겠다면 나머지 2승 중 최소 1승은 2선발인 자신이 올리는 게 옳았다.

그때였다.

"무슨 이야기들을 그렇게 재밌게 해요?"

주방에서 모모코가 앞치마를 두른 채로 나타났다. 일본어로 대화했으니 무슨 말을 주고받았는지 모르지 않을 텐데도 모모코는 마치 아무것도 듣지 못한 것처럼 분위기를 환기시켰다.

"그냥 디비전시리즈 이야기하고 있었어. 그런데 이건 무슨 냄새야? 되게 맛있는 냄새가 나는데?"

한정훈이 모모코와 함께 딸려 나온 냄새를 맡고 코를 킁킁거렸다. 모모코가 만든 요리라면 분명 일식일 텐데 어딘지 모르게 익숙한 냄새가 후각을 자극해 왔다.

그러자 모모코가 수줍은 목소리로 말했다.

"갈비찜이에요."

"갈비찜? 내가 아는 그 갈비찜?"

"네, 정훈 오빠가 좋아한다고 해서 만들어봤어요."

모모코는 부끄러운 듯 볼을 붉혔다. 그 모습이 어찌나 예뻐 보이던지 한정훈은 자신도 모르게 히죽 웃고 말았다.

'그래, 모모코처럼 날 정말 좋아해 주는 여자와 결혼해야 해.'

한정훈은 새삼 자신이 너무 멀리에서 짝을 찾아왔다는 생각이 들었다. 너무 어려서부터 봐왔다는 이유로 그녀의 마음을 일부러 외면하려고만 들었다.

하지만 모모코는 그야말로 일편단심이었다. 한정훈을 위해 한국어를 배우고 한정훈을 위해 한국 요리를 만들었다. 귀여운 여동생일 뿐이라고 그어놨던 선을 슬쩍 지운다면 모모코보다 좋은 여자도 흔치 않았다.

'인제 와서 모모코랑 잘 되길 바라는 건 너무 욕심일까?'

모모코를 향한 한정훈의 시선이 짐짓 뜨거워졌다. 그러자 모모코가 목덜미까지 빨개지더니 주방으로 도망치듯 들어가 버렸다.

그 모습을 지켜보던 하리모토 쇼타는 건수를 잡았다며 빈정댔다.

"변태 자식, 오빠인 내가 이렇게 지켜보고 있는데 남의 여동생 가슴을 그리 빤히 바라보다니."

"내, 내가 언제? 그리고 가슴 안 봤거든?"

"그럼 엉덩이냐?"

"어, 엉덩이도 아니라고!"

"거짓말을 하려면 표정 관리부터 하던가."

"거 참. 아니라니까 그러네."

한정훈이 애써 웃음을 삼켰다. 그러면서도 자신도 모르게 모모코가 요리를 준비하고 있는 주방 쪽을 힐끔거렸다.

그러자 하리모토 쇼타가 갑자기 진지한 표정을 지어 보였다.

"그런데 너, 이래도 되는 거냐?"

"뭐가 또?"

"양심적으로 아무런 거리낌이 없는 거냐고."

하리모토 쇼타의 말에 가시가 섰다. 대놓고 말을 하진 않았지만, 한정훈이 다른 누군가를 만나고 있다는 사실을 아는 모양이었다.

"여기서 양심 이야기는 또 왜 나오는데……."

한정훈이 살짝 말을 얼버무렸다. 김초롱 아나운서와의 관계는 정리하기로 결정을 내렸다지만 인제 와서 모모코가 예뻐 보인다고 고백하기에는 양심이 찔렸다.

하지만 적어도 가벼운 마음으로 모모코를 바라보는 건 절대 아니었다.

"모모코 눈에 눈물 나게 하면, 알지?"

하리모토 쇼타가 가볍게 주먹을 들어 보였다. 제아무리 한정훈이라 해도 모모코를 가지고 노는 건 오빠로서 용납할 수가 없었다.

"그럴 거면 시작조차 하지 않아."

한정훈이 은연중에 속내를 드러냈다. 만에 하나 모모코와 잘못될지도 모른다는 부담감 때문에 선을 넘길 꺼렸지만, 만약 선을 넘는다면 정말로 최선을 다할 생각이었다.

"내가 끝까지 두고 볼 거다."

하리모토 쇼타가 눈을 치켜뜨며 으름장을 놓았다. 하지만 그의 입가에는 참을 수 없는 웃음이 번진 뒤였다.

"웃든지 노려보든지 둘 중에 하나만 해라."

한정훈도 피식 웃고 말았다.

"식사 준비 끝났어요."

때마침 모모코의 들뜬 목소리가 주방에서 울려왔다.

"너무 큰 기대는 하지 마라. 우리 집에서 몇 번 해봤는데 그냥 그랬으니까."

"너, 그 말 했다고 모모코한테 이른다?"

"크흠, 내 진심을 이렇게 매도하다니. 비통하군."

"아저씨도 아니고 좀 그런 말투 좀 쓰지 말라니까? 그러니까 여자들한테 인기가 없지."

한정훈과 하리모토 쇼타는 평소처럼 티격태격하며 주방으로 들어갔다. 테이블 위에는 갈비찜부터 시작해 한정훈이 좋아하는 음식들이 잔뜩 올려져 있었다.

"이걸 다 언제 한 거야?"

한정훈이 휘둥그레진 눈으로 모모코를 바라봤다.

"몇 개는 미리 만든 거예요. 그렇게 맛있지는 않을 테니까 너무 기대하진 마세요."

모모코가 다시 얼굴을 붉혔다.

"집에 소화제는 있지?"

하리모토 쇼타가 자리에 앉으며 물었다. 족히 10인분은 되어 보이는 요리들을 억지로라도 소화시키려면 소화제의 도움이 필요할 것 같았다.

그러나 한정훈은 모모코가 어렵게 만든 요리들을 모욕하고 싶은 마음이 눈곱만큼도 없었다.

"먹기 싫으면 먹지 마. 내가 다 먹을 테니까."

빈말이 아닌 듯 한정훈은 자리에 앉자마자 요리들을 해치우기 시작했다. 하리모토 쇼타의 말처럼 한정훈의 입맛에 딱 맞아 떨어지진 않았지만 익숙하지 않은 레시피로 이만큼 만들어 낸 모모코의 정성을 생각하니 어머니가 해주신 음식처럼 맛있게 느껴졌다.

"오빠. 천천히 드세요."

내심 조마조마한 심정이던 모모코도 한정훈이 게걸스럽게 음식들을 해치우자 환하게 웃으며 한정훈의 앞 접시에 부지런히 요리들을 옮겨놓았다.

"하아. 진짜 소화 안 되네."

그 모습을 지켜보던 하리모토 쇼타가 이내 물을 들이켰다. 둘 사이에 낀 처지를 생각한다면 조금 자제할 만 한데도 한정훈과 모모코는 마치 하리모토 쇼타가 없는 것처럼 깨를 볶고 있었다.

"아 진짜 적당히 좀 해. 그리고 모모! 그렇게 이 녀석이 좋으면 내 집에서 나가서 여기서 살아."

보다 못한 하리모토 쇼타가 짜증을 냈다. 그러나 한정훈과 모모코는 눈 하나 깜짝하지 않았다.

"그럴래? 오빠 집에 빈방 많은데."

"정말요? 정말 그래도 돼요?"

"나야 가끔 모모가 해주는 음식 먹을 수 있으니까 좋지~"

"정말 여기서 살면 매일같이 만들어드릴게요!"

오히려 사랑의 불길에 기름을 끼얹은 꼴이 되자 하리모토 쇼타는 고개를 흔들며 자리에서 일어났다. 더 이상 이 자리에 있다간 체해서 1차전에 등판하지 못할 것 같았다.

"만약 오늘 경기에서 지면 다 네 책임이야."

"아이고. 아주 건수 잡으셨네."

"정말이야. 지면 너희 둘 두고두고 원망하고 괴롭힐 거야."

디비전시리즈 1차전 당일.

하리모토 쇼타는 썩 좋지 않은 컨디션을 한정훈과 모모코의 탓으로 돌렸다. 한정훈과 모모코의 닭살 애정 행각에 심기가 불편해진 게 오늘까지 이어졌다고 생각한 것이다.

그러나 한정훈은 그저 긴장한 것뿐이라며 하리모토 쇼타의 등을 두드렸다.

"쓸 데 없는 소리 하지 말고 네 스타일대로 던져."

"내 스타일?"

"그래. 솔직히 말해서 1승이 급한 게 우리일 것 같아, 아니면 레인저스일 것 같아?"

"그야…… 레인저스냐?"

"당연하지. 홈구장이고 에이스인 다르비스 유가 나온다고. 오늘 경기를 놓치면 골치 아파지는 건 레인저스도 마찬가지야."

"흐음…….”

"레인저스 벤치에서는 네가 잔뜩 긴장할 거라고 여기고 타자들에게 공격적인 배팅을 주문할 거야. 그러니까 최대한 느긋하게 가. 템포도 늦추고 유인구도 자주 구사하고."

"그럼 레인저스 타자들이 알아서 말려들 거다?"

"내 생각은 그래. 레인저스가 홈 2연전 목표를 1승 1패로 잡지 않았다면 말이야."

한정훈의 말처럼 텍사스 언론들은 이번 홈 2연전을 전부 쓸어 담아야 한다며 레인저스 선수단을 압박하고 있었다. 한정훈이 3차전에 나오고 다르비스 유가 등판하는 4차전이 양키즈 스타디움에서 열리는 만큼 최소 1, 2차전을 잡아놔야 안심할 수 있다는 이야기였다.

레인저스 제크 베니스터 감독도 텍사스 언론과의 인터뷰에서 홈 2연전을 전부 승리하겠다며 의욕을 불태웠다. 하지만 기록상으로 다르비스 유보다 더 나은 경기력을 보여주었던 하리모토 쇼타를 상대로 승리를 장담하기란 쉬운 일이 아니었다.

만약 하리모토 쇼타가 긴장하지 않고 제 실력을 100% 발휘한다면, 이라는 전제가 깔렸을 때 전문가 중 75%가 양키즈의 우세를 점쳤다.

올 시즌 다르비스 유가 전성기 못지않은 기량을 뽐내긴 했지만 하리모토 쇼타가 보여주었던 퍼포먼스에는 미치지 못한다고 생각한 이들이 더 많은 것이다.

"그런데 그 이야기를 왜 이제 해 주는 거야?"

하리모토 쇼타가 글러브로 한정훈의 어깨를 툭 하고 때렸다. 짐짓 서운하다는 표정을 지었지만, 한정훈의 조언 속에서 뭔가 해답을 찾은 듯 하리모토 쇼타의 입가에 한가득 웃음이 번져 들었다.

"거참. 웃든지 화를 내든지 둘 중 하나만 하라니까."

하리모토 쇼타의 기괴한 표정에 한정훈이 질색하며 얼굴을 찌푸렸다. 가끔 눈과 입이 따로 노는 하리모토 쇼타를 볼 때마다 왠지 모를 오싹함이 느껴졌다.

"네 조언이 얼마나 통하는지 봐서 결정할 거야."

하리모토 쇼타가 애써 무뚝뚝한 얼굴로 마운드 위에 올랐다. 한정훈의 조언이 얼마나 통할지는 공을 던져 봐야 알 수 있었다. 그 전까지는 먼저 들뜨고 싶지 않았다.

레인저스의 1번 타자는 딜리아노 드실즈.

올 시즌 생각만큼 활약하지는 못했지만 그래도 레인저스 타선의 선봉 자리를 놓치지 않고 있었다.

"이 녀석은 원래 공격적이니까……."

하리모토 쇼타는 아담 앤더슨의 첫 번째 사인 대신 두 번째 사인을 선택했다. 초구부터 포심 패스트볼로 윽박지르는 것보다는 바깥쪽 커터로 방망이를 끌어내는 편이 낫다고 여긴 것이다.

그리고 그 판단은 정확하게 맞아떨어졌다.

따악!

하리모토 쇼타의 포심 패스트볼을 노렸던 딜리아노 드실즈가 기다렸다는 듯이 방망이를 휘둘렀다. 하지만 마지막 순간 홈 플레이트 안쪽으로 살짝 말려 들어간 공은 방망이 밑동에 걸리며 3루수 쪽으로 데굴데굴 굴러갔다.

"젠장!"

딜리아노 드실즈가 이를 악물고 달려봤지만 3루수 마르쿠스 키엘의 송구가 더 빨랐다.

펑!

1루수 그린 버드의 포구를 확인한 1루심이 가볍게 주먹을 쥐어 보였다. 그렇게 하리모토 쇼타는 공 하나만으로 까다로운 1번 타자를 잡아냈다.

―하리모토 쇼타. 출발이 좋습니다.

―초구에 커터를 잘 던지지 않았던 것 같은데요. 딜리아노 드실즈가 덤벼들 거라 예상을 한 모양입니다.

첫 타자 승부가 중요하다며 숨을 죽였던 양키즈 중계진도 하리모토 쇼타를 칭찬했다. 우연히 던진 공이 3루수 앞 땅볼로 연결됐을 수도 있지만, 그보다는 하리모토 쇼타가 수 싸움에서 딜리아노 드실즈를 이긴 거라며 긍정적인 의미를 부여했다.

그사이 2번 타자 루그네스 오도어가 타석에 들어섰다.

"한 번 더 낚아 볼까?"

하리모토 쇼타는 이번에도 아담 앤더슨의 두 번째 사인을 받았다. 아담 앤더슨이 바깥쪽 패스트볼을 요구했지만 홈 플레이트에 바짝 붙어 선 루그네스 오도어라면 그 공을 놓치지 않을 것 같았다.

'맞춰 잡겠다 이거지?'

사인 교환을 통해 하리모토 쇼타의 속내를 알아챈 아담 앤더슨은 2구째 몸 쪽을 파고드는 슬라이더를 요구했다. 메이저리그에서도 수준급으로 평가되는 하리모토 쇼타의 날카로운 슬라이더라면 스트라이크 그 이상을 얻어낼 수 있을 것 같았다.

후앗!

하리모토 쇼타가 힘껏 공을 내던졌다. 그 공이 루그네스 오도어를 맞출 듯 날아 들어가 마지막 순간에 무릎 안쪽으로 매섭게 파고들었다. 그러자 루그네스 오도어가 망설이지 않고 방망이를 휘둘렀다. 타격 위치와는 상관없이 몸 쪽 공을 노리고 있었던 모양이었다.

하지만 커터보다 더 날카롭게 꺾여나가는 슬라이더를 홈 플레이트에 바짝 붙여서 때려내기란 절대 쉽지 않았다.

따악!

둔탁한 소리와 함께 타구가 2루수 정면으로 굴러갔다. 루그네스 오도어가 이를 악물며 1루로 달려봤지만, 그보다 한참 먼저 공은 1루수 그린 버드의 글러브 속에 빨려 들어갔다.

"아웃!"

1루심의 아웃 선언과 함께 두 번째 아웃 카운트가 올라갔다.

─하리모토 쇼타. 공 2개로 두 타자를 잡아내는데요.

─한정훈을 대신해 에이스 노릇을 해야 하는데 전혀 긴장하지 않는 것 같습니다.

양키즈 중계진의 목소리도 점점 커졌다. 전문가 중 상당수가 레인저스의 승리를 예상한 터라 시작부터 김이 빠졌었는데 하리모토 쇼타의 호투 덕분에 다시 기운을 차린 모양이었다.

"좋아! 좋아!"

"쇼타! 그렇게만 던져!"

양키즈 더그아웃도 덩달아 소란스러워졌다. 그러다 하리모토 쇼타가 또다시 초구로 3번 타자 엘버스 앤드루스를 잡아내자 마치 1차전을 승리라도 한 것처럼 선수들이 두 손을 번쩍 들어 올렸다.

"쇼타아아!"

"오늘은 네가 에이스야!"

양키즈 선수들은 한목소리로 하리모토 쇼타를 독려했다.

1회 초 공격에서 다르비스 유에게 꼼짝 못 하고 물러난 터라 하리모토 쇼타가 부담을 가지면 어쩌나 걱정했는데 1회 말 투구를 보니 안심이 됐다. 오히려 레인저스의 선발인 다르비스 유가 더 긴장해야 할 것 같았다.

"제법인데?"

한정훈도 더그아웃으로 돌아온 하리모토 쇼타에게 왼 주먹을 내밀었다.

"네 덕이다."

하리모토 쇼타가 씩 웃었다. 여전히 게슴츠레한 눈빛은 남아 있었지만 아까 전의 기괴한 표정보다는 확실히 보기 좋아 보였다.

하리모토 쇼타가 1회를 가뿐히 마치고 돌아오자 근심 가득했던 코칭스테프들의 표정도 밝아졌다. 대부분의 투수처럼 1회 피안타율이 높았던 하리모토 쇼타가 세 타자를 공 3개로 잡아낸 만큼 다르비스 유와의 맞대결에서 쉽게 밀리지 않을 것이라는 판단이 선 것이다.

"하리모토 쇼타가 7회 이상 버텨준다면 승산은 충분합니다."

"다르비스 유가 시즌 막판에 무리했으니까요. 4차전 등판까지 고려한다면 아마 6이닝이 한계일 겁니다."

적지 않은 나이에도 다르비스 유는 빠른 공을 던지고 있었다. 토미 존 서저리 이후 컨디션이 좋을 때는 97㎖/h(≒156.1㎞/h)의 구속을 뽐내기도 했다.

하지만 그렇다고 해서 체력까지 완벽한 건 아니었다.

86년생인 다르비스 유는 만으로 36세였다. 동갑인 다나카 마스히로가 체력적인 문제로 고전하는 것처럼 긴 이닝을 소화하는 데 문제를 보이고 있었다.

물론 다르비스 유는 언제든 마음만 먹으면 완투가 가능하다고 큰소리를 쳤다. 그러나 투구 수가 90구를 넘어가면 다르비스 유의 구위가 심하게 떨어진다는 게 문제였다.

1차전의 승패가 중요한 단기전에서 레인저스가 다르비스 유를 무리시킬 이유는 전혀 없었다. 더욱이 다르비스 유는 4차전까지 등판해야 하는 상황이었다. 1차전에서 투구 수를 조절해 주지 않는다면 사흘 휴식 후 등판하는 4차전에서 호투를 기대하기 어려웠다.

1차전 선발을 4차전에 내야 하는 건 양키즈도 마찬가지였지만 오늘 경기를 잡는다면 이야기는 다를 수밖에 없었다.

원정 2연전에서 1승 1패를 거두고 홈으로 가면 한정훈이 기다리고 있었다. 한정훈이 3차전을 잡아준다면 2승 1패의 심리적인 우위 속에서 홈경기로 4차전을 치를 수 있었다.

반면 레인저스는 1승 2패로 몰린 상황에서 극성맞은 양키즈 팬들까지 감당해야 한다. 올 시즌 양키즈 스타디움 등판이 단 한 차례도 없는 다르비스 유가 그 중압감을 얼마나 잘 버텨 줄지는 그 누구도 장담하기 어려웠다.

"안타를 못 쳐도 좋으니까 다르비스 유를 더 끈질기게 물고 늘어져!"

조지 지라디 감독은 작전을 변경했다. 본래 최대한 빨리 선취점을 뽑아내서 하리모토 쇼타의 안정적인 투구를 유도할 생각이었는데 하리모토 쇼타가 기대 이상으로 잘 던져주는 만큼 굳이 서두를 필요가 없다고 생각한 것이다.

그러자 타자들도 정타를 때려내기보다 다르비스 유의 체력을 갉아먹는 쪽으로 초점을 맞췄다.

다소 치사하긴 했지만, 와일드카드 결정전에서 애스트로스 타자들이 한정훈을 괴롭힌 모습을 두 눈으로 직접 봐서인지는 몰라도 양키즈 타자들은 별다른 거부감을 내비치지 않았다.

따악!

그린 버드가 가볍게 휘두른 방망이 끝으로 다르비스 유의 슬라이더가 걸렸다.

한때 메이저리그에서도 첫 손에 꼽힐 만큼 위력적인 공이었지만 올 시즌 3할 2푼의 타율과 4할 1푼의 출루율을 보여주었던 그린 버드는 어렵지 않게 공을 건드렸다.

–네 번째 파울입니다. 볼카운트는 여전히 투 스트라이크 투 볼입니다.

–그린 버드. 다르비스 유를 집요하게 물고 늘어지고 있습니다.

–이제 여덟 번째 공인데요.

–다르비스 유. 그린 버드를 힘으로 잡아낼 필요가 있어 보입니다.

콕스 TV 중계진은 다르비스 유가 투 스트라이크 이후 자꾸 유인구에 집착하고 있다고 지적했다. 변화구에 강한 그린 버드에게 패스트볼을 지나치게 아낀다는 이야기였다.

하지만 다르비스 유도 변화구를 던지고 싶어서 던지는 게 아니었다.

'저 자식. 패스트볼을 노리고 있어.'

그린 버드는 커브를 제외한 다르비스 유의 모든 공을 패스트볼 타이밍으로 공략했다. 다르비스 유의 패스트볼 구속이 시즌 막판보다 조금 떨어졌다는 데 초점을 맞춘 대처법이었다.

덕분에 다르비스 유도 쉽사리 패스트볼을 던질 수가 없었다. 아니, 2구째 몸 쪽으로 던진 패스트볼을 그린 버드가 기다렸다는 듯이 잡아당긴 이후로 패스트볼을 던지는 게 부담스러워졌다.

결국 10구 승부 끝에 그린 버드는 1루로 걸어나갔다. 비록 5번 타자 더스티 애클 리가 4구째 들어온 몸 쪽 슬라이더를 건드리면서 2루에서 포스 아웃이 되고 말았지만, 그린 버드가 끈질기게 물고 늘어진 덕분에 1회 초 다르비스 유가 보여줬던 여유로운 표정은 완전히 자취를 감춰 버렸다.

그렇게 한풀 꺾이려던 양키즈의 분위기는 6번 타자 베리 가멜의 안타로 되살아났다.

투 스트라이크 원 볼 상황에서 다르비스 유가 성급히 내던진 커브를 받아쳐 중전 안타를 만들어 낸 것이다.

뒤이어 타석에 들어선 아담 앤더슨은 초구 기습 번트로 다르비스 유의 간담을 서늘하게 만들었다.

아쉽게도 타구는 파울 라인을 벗어났지만, 평정심을 잃은 다르비스 유는 아담 앤더슨에게까지 사사구를 내주고 말았다.

순식간에 주자가 스코어링 포지션까지 나갔다. 2사 이후 고 타자가 수비 전문 마르쿠스 키엘인 걸 감안하면 득점을 하기란 쉽지 않아 보였지만 조지 지라디 감독은 더없이 흐뭇한 표정을 짓고 있었다.

한편 일본인 메이저리거 간 맞대결을 취재하기 위해 경기장에 몰려든 일본 언론들의 표정은 어둡기만 했다.

"흠…… 이건 우리가 원하던 그림이 아닌데."

"그러게 말야. 하리모토 쇼타가 일찍 무너지면 어쩌나 걱정했는데 다르비스 유가 흔들리니 원…….'"

"이러다 정말 하리모토 쇼타가 이기는 거 아냐?"

"재수 없는 소리 하지 마. 다르비스 유라고. 그렇게 호락호락 무너질 리 없어."

올 시즌 하리모토 쇼타가 일본 국적 투수 중 가장 좋은 성적을 기록하긴 했지만, 대부분의 일본 기자들은 다르비스 유를 하리모토 쇼타보다 한 수 위로 평가하고 있었다.

재일인 하리모토 쇼타는 한국인인 한정훈에게 밀려 양키즈의 2선발에 머무르고 있었다. 반면 다르비스 유는 적지 않은 나이에도 레인저스의 에이스 노릇을 하고 있었다.

하리모토 쇼타가 한정훈을 제치고 양키즈의 에이스가 된다면 몰라도 한정훈의 그늘에서 벗어나지 못하는 한 일본 기자들의 관심은 다르비스 유나 오타니 쇼헤 쪽으로 몰릴 수밖에 없었다.

그런데 하리모토 쇼타가 분전해 주길 바라던 경기에서 다르비스 유가 고전하고 있으니 씁쓸함을 감추기 어려웠다.

"너무 다르비스 유 쪽만 찍지 말고 하리모토 쇼타 쪽도 놓치지 말고 찍으라고."

"맞아. 잘하면 괜찮은 걸 건질 수 있을지 몰라."

몇몇 기자들은 양키즈 더그아웃 쪽으로 카메라를 돌렸다. 궁지에 몰린 다르비스 유를 보고 하리모토 쇼타가 어떤 반응을 보이던 그 자체만으로도 기삿거리가 될 것이라 여겼다.

하지만 정작 하리모토 쇼타는 한정훈과 다음 이닝을 준비하는 데 정신이 없었다.

"한 번 상대해 보면 알겠지만 조이 칼로는 스윙이 커. 그리고 전형적인 어퍼 스윙이야. 낙폭이 큰 변화구보다는 빠른 공으로 밀어붙이는 게 효과적일 수 있어."

"그러다 얻어맞으면 어쩌려고?"

"한 방 능력은 있지만, 정확도는 떨어지는 편이야. 그리고 네 공이 그렇게 쉽게 얻어맞을 정도는 아니니까 자신감을 좀 가져. 대신 공은 최대한 낮게 던지고."

"그게 말처럼 쉽냐?"

"뭐가 어려워? 낮고 빠르게. 이렇게 간단한 게 어디 있냐?"

"됐다. 됐어. 너한테 뭘 기대한 내가 바보 멍청이지."

하리모토 쇼타가 불만스럽게 입술을 삐죽거렸다. 그러나 한정훈이 아랑곳하지 않고 5번 타자 라이언 노아의 공략법을 이어가자 언제 그랬냐는 것처럼 귀를 쫑긋 세웠다.

"네 차례다. 이제 나가 봐."

풀 카운트 접전 끝에 마르쿠스 키엘이 삼진으로 물러나자 한정훈이 하리모토 쇼타의 등을 툭 하고 때려주었다.

"이거, 가지고 있어."

하리모토 쇼타가 막 뚜껑을 열었던 이온 음료를 한정훈에게 내밀었다.

"냉장고에 넣어 달라고?"

한정훈이 어이없다는 표정을 지었다. 그러자 하리모토 쇼타가 씩 웃으며 말했다.

"아니. 냉기가 사라지기 전에 돌아올 거야."

결과적으로 하리모토 쇼타는 제 말을 지켰다. 1회처럼 3구만에 세 타자를 잡아내지는 못했지만, 공 7개로 아웃 카운트 3개를 얻어내는 효과적인 투구를 선보였다.

4번 타자 조이 갈로는 2구째 몸 쪽 패스트볼을 잡아당겨 1루수 앞 땅볼로 물러났다. 하리모토 쇼타의 공이 살짝 몰렸고 조이 갈로가 놓치지 않고 잡아당기는 것까진 좋았는데 방망이가 공의 무브먼트를 이겨내지 못했다.

무엇보다 1루수 그린 버드가 다이빙 캐치를 하면서 1루선상을 타고 빠져나가려는 공을 잡아준 게 컸다.

하마터면 장타를 허용할 뻔한 하리모토 쇼타는 마음을 다잡고 5번 타자 라이언 노아를 상대했다. 한정훈의 조언대로 초구와 2구, 바깥쪽 코스로 스트라이크를 잡아낸 뒤 3구와 4구에 유인구를 던졌다.

라이언 노아는 바깥쪽으로 파고드는 3구 커터를 잘 걷어냈지만, 기습적으로 몸 쪽으로 들어온 4구 커브에 꼼짝없이 당하고 말았다.

"좋았어!"

오늘 경기 첫 삼진을 잡아낸 하리모토 쇼타는 6번 타자 신예 조 마이어를 공 하나로 잡아내고 이닝을 마쳤다. 부상 중인 추신우를 대신해 포스트시즌 엔트리에 합류했지만 조 마이어는 하리모토 쇼타의 초구 슬라이더를 툭 하고 건드려 1루수 플라이로 물러나고 말았다.

"아직 시원하지?"

하리모토 쇼타가 한정훈에게 손을 내밀었다.

"그래. 아직 시원하다."

한정훈이 피식 웃으며 손에 든 음료수를 건네주었다.

그 모습을 지켜보던 조지 지라디 감독은 흐뭇함을 감추지 못했다. 하리모토 쇼타가 1차전 선발에 대한 부담을 가질까 봐 내심 걱정이었는데 한정훈이 옆에서 잘 다독여 준 덕분에 흔들림 없이 공을 던져주고 있었다.

"이 모습을 보면 언론에서 뭐라고 할까?"

조지 지라디 감독이 짓궂게 웃었다. 오늘 경기 전까지 뉴욕 언론들은 앞다투어 한정훈에게 충분한 휴식을 줘야 한다고 말했다. 한정훈의 텍사스 원정 동행은 의미가 없으며 온전히 3차전에 집중할 수 있도록 배려해 줘야 한다고 목소리를 높였다.

그러나 조지 지라디 감독은 뉴욕 언론을 무시하고 한정훈을 이번 원정에 데려왔다. 언론들은 조지 지라디 감독이 한정훈을 1차전에서 불펜 투입할지 모른다고 걱정했지만 조지 지라디 감독은 그럴 계획이 전혀 없었다. 그저 한정훈이 더 그아웃에서 팀의 중심을 잡아주길 바라는 마음뿐이었다.

포스트시즌은 정규 시즌과는 달랐다. 162경기로 치러지는 정규 시즌에서는 매 경기에 최선을 다하는 게 불가능했다.

그렇다 보니 승패가 명확해진 경기에서는 다음 경기에 대비하는 선수 운용을 할 수밖에 없었다.

그에 비해 짧으면 5경기, 길면 7경기 이내에서 승부가 가려지는 포스트시즌은 매 경기 최선을 다해야만 했다. 지더라도 허무하게 무너져서는 안 된다. 이길 땐 확실하게 짓밟아 놓아야 했다.

좋은 분위기는 다음 경기까지 끌고 가고 나쁜 분위기는 어떻게든 잘라버려야 했다. 그게 단기전에서 승리하는 가장 확실한 방법이었다.

조지 지라디 감독은 최악의 경우 레인저스 원정에서 2패를 하게 될지도 모른다는 각오를 하고 텍사스로 날아왔다. 언론에는 1승 이상을 거두겠다고 말했지만. 솔직히 1승도 거두지 못할 가능성이 크다고 판단했다.

다만 질 때 지더라도 허무하게 무너지고 싶진 않았다. 형편없는 경기력으로 레인저스에게 2승을 헌납한 뒤 에이스인 한정훈에게 부담을 안겨주고 싶지 않았다.

그래서 와일드카드 결정전 다음 날 한정훈을 찾아갔다. 힘들겠지만 선수들과 함께하면서 선수들에게 할 수 있다는 자신감을 심어달라고 부탁했다.

한정훈은 자신이 할 수 있는 일이라면 최선을 다하겠다고 조지 지라디 감독을 안심시켰다. 그리고 그 약속처럼 하리모토 쇼타의 옆에 붙어서 일일 투수 코치 노릇을 성실하게 수행해 주고 있었다.

만약 이 모습을 뉴욕 언론들이 본다면 무슨 말을 할까? 조지 지라디 감독은 오늘 경기가 끝나고 쏟아질 기삿거리들이 궁금해졌다.

그러자 옆에 있던 로비 토마스 벤치 코치가 한마디 했다.

"너무 들뜨지는 마십시오. 아직 경기 끝난 거 아닙니다."

로비 토마스 코치는 조지 지라디 감독의 속내를 누구보다 잘 알고 있었다. 시즌 막판부터 뉴욕 언론의 비난과 간섭에 시달리는 터라 어떻게든 경기 결과로 보여주고 싶어 한다는 것도 잘 알았다.

하지만 그런 마음은 승리가 확정될 때쯤 가져도 늦지 않았다.

아직 전광판의 점수는 0 대 0에 머물러 있었다. 지금은 흥분보다는 냉철한 판단력을 팀을 이끌 때였다.

"아무튼 잔소리는……."

조지 지라디 감독이 살짝 미간을 찌푸렸다. 그러다 로비 래프스나이더가 안타를 때리고 출루하자 직접 3루 코치에게 사인을 냈다.

페이크 번트 앤드 슬러시.

지쳐 보이는 다르비스 유와 쉽게 아웃 카운트를 잡으려 드는 레인저스 벤치를 동시에 물 먹일 생각이었다.

사인을 확인한 1번 타자 브라이언 리는 묵묵히 고개를 끄덕거렸다. 그러면서 번트를 댈 것처럼 몸을 웅크러뜨렸다.

자연스럽게 레인저스 내야수들도 번트 수비에 나섰다. 2회에만 30개가 넘는 공을 던졌던 다르비스 유도 번트를 대주겠다는 심정으로 바깥쪽 포심 패스트볼을 내던졌다.

'왔다!'

다르비스 유의 손끝에서 공이 빠져나오기가 무섭게 브라이언 리는 타격 자세로 돌변했다. 그리고는 구멍이 뚫린 3유간을 바라보며 가볍게 공을 때려냈다.

따악.

짤막한 타격음과 함께 타구가 3유간으로 데굴데굴 굴러갔다. 하지만 번트에 대비해 압박 수비를 펼쳤던 3루수는 물론이고 1루 주자를 포스아웃시키기 위해 2루 쪽으로 움직였던 유격수도 타구를 잡아내지 못했다. 그 결과 타구는 3유간을 느리게 빠져나갔고 1루 주자 로비 래프스나이더는 3루까지 진루할 수 있었다.

무사 주자 1,3루.

또다시 위기에 몰린 다르비스 유의 얼굴에서 땀방울이 비 오듯 쏟아졌다.

"이번 이닝에 끝장을 내자고."

잠시 고심하던 조지 지라디 감독은 2번 타자 비비 그레고리우스에게도 페이크 번트 앤드 슬러시 사인을 냈다. 같은 작전을 연이어 사용하지는 않을 거라는 레인저스 벤치의 허를 찌르고 싶어졌다.

비비 그레고리우스도 씩 웃으며 고개를 끄덕거렸다. 그리고 초구 몸 쪽으로 들어오는 패스트볼에 보란 듯이 헛스윙을 한 뒤에 2구째 몸 쪽으로 다시 붙어 들어오는 슬라이더에 방망이를 쑥 하고 내밀었다.

딱.

방망이 밑동에 걸린 타구가 1루 선상 쪽으로 흘렀다. 순간 1루로 내달리던 비비 그레고리우스의 발에 걸릴 뻔했지만 비비 그레고리우스는 껑충 뛰며 타구를 피했다. 그 과정에서 1루 라인 쪽으로 빠질 것 같았던 타구가 방향을 틀어 선상 안쪽으로 휘어져 들어왔다.

다르비스 유가 다급히 공을 잡았지만, 그때는 이미 3루 주자 로비 래프스나이더가 홈을 밟고 1루 주자 비비 그레고리우스가 3루에 헤드 퍼스트 슬라이딩을 감행하고 있었다.

"젠장할!"

다르비스 유의 입에서 욕지거리가 터져 나왔다. 연속 안타를 얻어맞은 것도 아니고 양키즈 벤치의 작전에 휘말려 한 점을 내줬으니 짜증이 치밀어 올랐다.

그러나 조지 지라디 감독은 이쯤에서 다르비스 유 흔들기를 멈출 생각이 없었다.

"선수 교체."

고작 3회였지만 조지 지라디 감독은 승부수를 꺼냈다. 디비전시리즈의 중압감에 눌려 있는 제이크 햄튼을 대신해 노장 채이스 해틀리를 투입한 것이다.

갑작스러운 교체 통보에 제이크 햄튼이 벤치에 앉아 고개를 떨어뜨렸다. 그러자 한정훈이 제이크 햄튼에게 다가가 그의 등판을 때렸다.

"넌 양키즈의 3번 타자야. 한 경기 빠졌다고 주눅 들지 마."

한정훈의 한 마디에 제이크 햄튼은 다시 고개를 들었다. 그리고 자신을 대신해 타석에 들어선 채이스 해틀리를 뚫어져라 바라봤다.

그런 제이크 햄튼의 시선이 느껴진 것일까.

따악!

채이스 해틀리는 다르비스 유의 슬라이더를 잡아당겨 큼지막한 2루타를 만들어냈다.

모두의 시선이 타구로 향한 사이 3루 주자 브라이언 리가 여유롭게 홈을 밟았다. 뒤이어 빠르게 스타트를 끊었던 비비 그레고리우스도 3루를 돌아 홈까지 내달렸다.

레인저스 수비수들이 비비 그레고리우스만큼은 잡아내겠다며 빠르게 중계 플레이를 이어갔지만 애석하게도 비비 그레고리우스의 발이 공보다 먼저 홈에 도착했다.

"세이프!"

그렇게 1 대 0이던 점수가 3 대 0까지 벌어졌다. 그리고 다르비스 유는 추가로 4점을 더 내준 뒤 이닝을 끝내지 못하고 강판을 당하고 말았다.

반면 하리모토 쇼타는 7회까지 5개의 탈삼진을 뽑아내며 3피안타 1실점으로 호투했다. 6회 선두 타자로 나온 포수 브렛 차일드에게 홈런을 얻어맞은 게 아쉽긴 했지만 하리모토 쇼타의 판정패를 예상했던 언론을 놀라게 하기에는 충분했다.

"하리모토 쇼타 선수! 기분이 어때요?"

"오늘 경기 정말 잘 던졌는데요? 비결이 뭔가요?"

경기가 끝나자 기자들은 앞다투어 하리모토 쇼타에게 달려들었다. 다르비스 유에게 포커스를 맞췄던 일본 기자들조차 초상집 같은 분위기의 레인저스 더그아웃을 뒤로한 채 양키즈 더그아웃으로 달려왔다.

"타자들이 일찍 선취점을 내줘서 마음이 편했습니다. 그리고 더그아웃에서 한정훈에게 많은 조언을 받았는데 그게 큰 도움이 됐습니다."

하리모토 쇼타는 능청스럽게 모든 공을 다른 선수들과 한정훈에게 돌렸다. 덕분에 조지 지라디 감독도 한정훈을 혹사시킨다는 언론의 질타에서 조금은 자유로워질 수 있었다.

111장
포스트시즌(3)

[하리모토 쇼타 7이닝 1실점 호투! 양키즈 레인저스 잡고 1승!]
[하리모토 쇼타! 다르비스 유와의 맞대결에서 완승!]

레인저스 원정이 지옥이 될 것이라고 악담을 퍼붓던 뉴욕 언론들은 앞다투어 호평을 쏟아냈다. 레인저스의 우세를 점 쳤던 전문가들도 1차전을 잡아낸 양키즈가 레인저스를 제치 고 챔피언쉽 시리즈 행 티켓을 반쯤 거머쥐었다며 말을 뒤집 었다.

양키즈 팬들의 반응도 뜨거웠다.

−2차전만 잡아내면 끝이야! 3차전 선발이 한정훈이니까

우린 내일 경기만 잡아내면 된다고!

ㄴ진짜 우리가 1차전을 이기다니! 이건 기적 같은 일이야!

ㄴ3회 선취점을 뽑아내는 과정이 좋았어. 연속 페이크 번트 슬러시에 대타 안타까지. 벤치의 작전이 완벽하게 통했다고!

─하리모토 쇼타도 잘 던졌지만, 오늘 경기의 승리는 모두가 노력해서 얻어낸 결과라고 생각해.

ㄴ동감. 오늘 아침까지 조지 지라디 감독을 까고 있었던 게 미안할 지경이야.

양키즈 팬 중 레인저스와의 1차전에서 대승을 거둘 것이라고 기대한 이들은 거의 없었다. 언론이 1승도 어렵다고 입방아를 찧어대니 양키즈 팬들의 기대치도 덩달아 낮아진 것이다.

덕분에 승리에 대한 기쁨은 배가 되었다.

콕스 TV 홈페이지에서 진행된 디비전시리즈 1차전 MVP 투표에서는 하리모토 쇼타가 압도적인 1위를 달렸다.

전체 투표자 수의 67.4%가 하리모토 쇼타를 MVP로 꼽았다. 대타로 나와 3타수 2안타 2타점을 기록하며 맹활약을 펼친 채이스 해틀리(16.3%)보다 4배나 많은 수치였다.

"오, 쇼타. 네가 1등인데?"

홈페이지 투표 결과를 확인한 한정훈이 하리모토 쇼타를 바라봤다. 그러자 하리모토 쇼타가 당연하다는 표정을 지어 보였다.

"이젠 네 차례다. 한정훈."

"뭐야, 그거. 마치 내가 도전자가 된 기분인데?"

"당연하지. 사정이야 어쨌든 에이스에게 허락된 1차전에 선발 등판한 건 이 몸이니까."

"거 참. 이상한 말투 좀 쓰지 말라니까 그러네."

한정훈은 피식 웃고 말았다. 하리모토 쇼타도 농담으로 한 말이겠지만 1차전에서 좋은 피칭을 보여준 하리모토 쇼타에게 고마워서라도 1일 에이스 이용권을 주고 싶은 심정이었다.

하리모토 쇼타의 승리에 신이 난 일본 팬들도 야구 커뮤니티마다 난입해 하리모토 쇼타를 추켜세웠다. 그러면서 은연중에 하리모토 쇼타를 뉴 코어 4의 멤버로 밀어 넣으려고 했다.

하지만 양키즈 팬들은 고작 한 경기로 하리모토 쇼타가 한정훈과 동급이 될 수는 없다고 잘라 말했다.

―오늘 하리모토 쇼타는 정말 잘 던졌어. 솔직히 하리모토 쇼타가 이만큼 잘해 줄 것이라고는 생각도 못 했다고.

ㄴ무슨 소리야? 몰랐다니? 당연한 거 아냐? 하리모토 쇼타가 괜히 양키즈의 좌완 에이스가 아니라고.

─하리모토 쇼타 정도면 아메리칸리그 최고 좌완 아니야? 한정훈이 아메리칸리그 최고 우완이니까 양키즈는 리그 최강의 원투 펀치를 보유한 셈이라고.

ㄴ그래. 그래. 하리모토 쇼타가 잘 던진 거 인정해. 오늘 경기의 MVP는 하리모토 쇼타야! 하지만 은근슬쩍 한정훈하고 동급 만드는 건 그만둬.

─난 좌완 에이스라는 표현 자체가 마음에 들지 않아. 각 팀에 에이스는 한 명뿐이잖아? 좌완 에이스. 우완 에이스. 불펜 에이스. 이런 저급한 표현들 때문에 개나 소나 에이스가 되는 거라고.

ㄴ내 말이 그 말이야. 게다가 하리모토 쇼타도 한정훈의 조언 덕분에 잘 던질 수 있었다고 말했는데 인터뷰는 보지 않은 거야?

ㄴ그건 그냥 해본 말이겠지. 투수 코치가 있는데 한정훈이 뭘 얼마나 조언했겠어?

ㄴ이 멍청이는 뭐지? 지금 당장 고글에 하리모토 쇼타와 한정훈을 검색해 봐. 그러면 1회부터 7회까지 둘이 얼마나 많은 대화를 나눴는지 알게 될 테니까.

실제 고글에는 하리모토 쇼타에게 멘토링해 주는 한정훈, 이라는 제목으로 수백여 장의 사진이 실려 있었다. 한 뉴욕 지역 언론 기자가 1회부터 7회까지 한정훈과 하리모토 쇼타의 더그아웃 풍경을 파파라치처럼 찍어서 올린 것이다.

다를 때 같았으면 그저 소소한 볼거리 중 하나로 여겨졌을 사진이지만 하리모토 쇼타의 인터뷰가 알려지면서 인기 게시글이 되어버렸다.

─역시 한정훈. 에이스로서 무엇을 해야 할지 너무나 잘 알고 있다니까?

─한정훈이 장거리 비행을 하면 피곤하다고 해서 뉴욕에서 쉬길 바랐는데 이 사진을 보니까 진짜 눈물이 날 것 같다.

└양키즈 부럽네. 저런 에이스를 가졌다니.

─그럼 이제 내일은 테너 제이슨 차례인가? 테너 제이슨 한국에 있을 때 한정훈과 같은 팀에서 뛰었잖아?

└크크. 레인저스 놈들. 똥줄 타겠는데?

└테너 제이슨도 한정훈이 코칭해서 엄청 잘 던지는 거 아냐?

팬들의 의견을 접한 언론들도 한 선생이라는 타이틀로 한정훈이 2차전에서도 기적을 만들어낼 것이라 기대했다. 덕분에 한정훈은 경기장에 도착하기가 무섭게 테너 제이슨에게 납치되듯 끌려가야 했다.

"뭐야? 왜 이래?"

"뉴스 봤지?"

"무슨 뉴스?"

"못 봤으면 됐고. 오늘은 내 차례야."

"천천히 말해. 못 알아듣겠으니까."

한정훈이 검지로 귀를 톡톡 두드리자 테너 제이슨이 저만치 서 있는 레이 킴을 불렀다.

"이 녀석한테 오늘은 내가 도움을 받을 차례라고 전해주세요."

레이 킴은 씩 웃으며 테너 제이슨의 말을 전했다. 아울러 뉴욕 언론사들이 한정훈을 한 선생으로 부르고 있다는 사실도 알려주었다.

"하아. 환장하겠군."

한정훈이 골치 아픈 표정을 지었다. 테너 제이슨에게 조언을 주는 것과는 별개로 투수 코치인 레리 로스의 영역을 침범한 것 같아 미안해졌다.

하지만 정작 래리 로스는 한정훈이 더없이 고맙기만 했다.

"정훈. 그런 건 전혀 신경 쓰지 말고 지금처럼 많은 투수와 어울려 줘. 그리고 네 경험을 들려줘. 그래서 다른 투수들이 성장할 수만 있다면 나는 아무런 불만 없어. 정말이야."

조지 지라디 감독이 언론의 표적이 되기 전까지 뉴욕 언론에서 심심하면 물고 늘어졌던 게 바로 래리 로스 투수 코치였다.

양키즈의 투수 파트를 담당하는 코치로서 투수들의 관리에 소홀하다는 이유 때문이었다.

만약 1차전에서 하리모토 쇼타가 제 실력을 발휘하지 못하고 무너졌다면 조지 지라디 감독과 래리 로스 코치는 언론의 집중 표적이 되었을 것이다. 그렇다 보니 한정훈의 사적인 멘토링에 눈곱만큼의 불만도 없었다.

조지 지라디 감독도 1차전처럼 중심을 지켜달라며 한정훈의 어깨를 두드렸다.

"하아. 영어는 자신 없는데."

졸지에 중책을 맡게 된 한정훈이 고개를 흔들어 댔다. 하리모토 쇼타와는 능숙한 일본어로 대화를 주고받으니 아무런 문제가 없었다. 하리모토 쇼타의 한국어 회화 능력은 날이 갈수록 좋아지고 있었다.

처음에는 모모코의 반협박에 마지못해 한국어를 배우기 시작했는데 자신도 모르게 한국어의 매력에 푹 빠져 버린 것이다.

덕분에 하리모토 쇼타와는 통역사 없이도 얼마든지 진

지한 대화가 가능했다. 반면 테너 제이슨과는 그럴 수가 없었다.

"그러니까 영어 능력을 키우라니까."

테너 제이슨이 불만스러운 얼굴로 중얼거렸다.

"꼬우면 네가 한국어 배워, 인마."

한정훈이 어림 반 푼도 없다며 코웃음을 쳤다. 그러면서도 팀의 승리를 위해 테너 제이슨에게 많은 것들을 일러주었다.

하지만 확실히 중간에 통역이 끼니 대화가 번잡해졌다. 통역사인 레이 킴이 최선을 다해 말을 옮겼지만, 그 자체만으로도 시간이 걸리다 보니 대화의 집중력은 물론 효율성도 떨어졌다.

그래도 반짝 조언이 효과가 있었는지 테너 제이슨은 6.1이닝 3실점으로 제 몫을 다 해냈다. 테너 제이슨이 남겨둔 승계 주자가 불펜진의 방화로 전부 홈을 밟으면서 실점이 3점으로 늘어나긴 했지만 기대 이상의 호투임에는 분명했다.

그러나 애석하게도 오늘은 타자들이 부진했다. 아니, 1차전 패배로 순식간에 디비전시리즈 탈락 위기에 몰린 팀을 구원하기 위해 나선 빅게임 피쳐, 콜 헤먼스의 투구가 눈이 부셨다.

7이닝 3피안타 1사사구 무실점.

탈삼진은 단 3개에 불과했지만 1차전 때의 하리모토 쇼타처럼 타격감이 좋은 양키즈 타자들을 살살 약 올리며 범타를 유도해 냈다. 2회에 1사 만루 상황을 넘긴 이후로는 이렇다 할 위기조차 없었다.

콜 헤먼스의 뒤를 이은 레인저스의 불펜 투수들도 2이닝을 깔끔하게 막아내며 팀의 디비전시리즈 첫 승리를 지켰다.

최종 스코어 3대 0.

그렇게 시리즈는 1승 1패로 균형을 맞췄다.

뉴욕 언론은 2차전의 패인으로 조지 지라디 감독의 용병술을 꼽았다. 1대 0으로 뒤진 상황에서 괜히 불펜 투수를 올려 추가 실점을 내줬다는 것이었다.

그 점에 대해서는 조지 지라디 감독도 변명하지 않았다.

"투수 교체에서 실수가 있었지만, 선수들은 최선을 다해서 싸웠습니다. 이제 뉴욕으로 돌아가는 만큼 남은 두 경기를 전부 잡아내서 홈에서 챔피언십 시리즈 진출을 확정짓도록 노력하겠습니다."

레인저스 원정에서 1승을 챙긴 양키즈 선수단의 표정은 밝았다. 3차전 선발이 한정훈이고 4차전에서 다시 하리모토 쇼타가 등판하는 만큼 조지 지라디 감독의 말처럼 뉴욕에서 디비전시리즈를 끝내겠다며 의욕에 불타올랐다.

반면 텍사스 언론은 연일 우려를 쏟아냈다.

[4차전 승리를 위해 다르비스 유의 부활이 절실히 필요하다!]

[뉴욕 원정에서 1승 1패를 거두고 다시 텍사스로 돌아온다면 레인저스가 유리하다.]

텍사스 언론들은 3차전의 패배를 기정사실화 했다.

몇몇 이름 모를 지역 신문사를 제외하고는 양키즈 스타디움에서 무적에 가까운 한정훈을 상대로 레인저스가 3차전을 승리할 거라 예측하지 않았다.

심지어 레드삭스 쪽 언론사들조차 3차전은 양키즈가 승리할 것이라고 단언했다. 일단 선발 싸움에서 상대가 되지 않았다.

아메리칸리그 사이영상을 확정한 것이나 다름없는 한정훈과 3선발 마틴 페레이즈는 이름의 무게부터 달랐다.

하지만 그렇다고 해서 레인저스 타자들이 순순히 패배를 받아들여서는 안 된다고 조언했다.

－한정훈의 오늘 투구 수가 80구 미만일 경우 경우에 따라 5차전에 깜짝 등판할 가능성도 배제할 수 없다.

레인저스 타자들은 와일드카드 결정전 때 애스트로스 타

자들이 보여주었던 끈질김을 참고할 필요가 있다. 오늘 경기를 통해 한정훈의 체력을 전부 빼앗지 못한다면 설사 4차전을 잡아내고 텍사스로 돌아간다 하더라도 쉽게 5차전을 얻지 못할 것이다.

텍사스 언론에서도 보스턴 언론과 비슷한 조언들을 쏟아내자 제크 배니스터 감독은 강수를 두었다.

오늘 경기의 승리를 포기하더라도 한정훈의 5차전 등판을 막겠다고 작심한 것이다.

그리고 그 승부수는 통했다. 타자들이 다양한 방법으로 한정훈을 괴롭히면서 무려 120구를 던지게 만든 것이다.

결국 경기는 양키즈의 2 대 0 승리로 끝이 났지만 조지 지라디 감독은 차마 웃을 수가 없었다. 반면 제크 배니스터 감독은 디비전시리즈는 지금부터라며 한껏 의욕을 드러냈다.

전문가들도 아직 디비전시리즈가 끝난 게 아니라고 입을 모았다.

"양키즈가 2승 1패로 앞서고 있긴 하지만 아직 모릅니다."

"제 생각도 같습니다. 더 이상 한정훈 카드를 쓸 수 없는 양키즈는 하리모토 쇼타의 호투에 기대를 걸어야 하는 상황입니다. 반면 레인저스는 선발 자원이 여유로운 편이죠."

"물론 현재까지는 양키즈가 유리한 게 사실이긴 합니다. 4

차전을 홈에서 치르고 무엇보다 하리모토 쇼타가 선발로 나오니까요."

"문제는 양키즈 타선입니다. 2차전과 3차전에서 좀처럼 터져주질 않고 있어요."

"만약 4차전에도 양키즈 타선이 침묵한다면 결과적으로 레인저스에게 유리한 쪽으로 흘러갈 가능성이 큽니다."

뉴욕 언론들도 4차전을 기필코 잡고 디비전시리즈를 끝마쳐야 한다고 압박했다. 승부가 5차전으로 이어질 경우 디비전시리즈의 장소는 다시 알링턴 파크로 옮겨진다. 양키즈의 포스트시즌 운명을 3선발 테너 제이슨에게 맡기는 건 도박에 가깝다고 경고했다.

덕분에 테너 제이슨은 1차전보다 더 큰 부담감을 안고 4차전에 등판해야 했다.

"긴장하지 마. 1차전처럼만 던지면 돼."

한정훈은 1차전 때처럼 바로 옆에서 하리모토 쇼타를 다독였다. 이닝이 끝날 때마다 다음 이닝에 대한 고민을 함께 풀어나갔다.

결과적으로 하리모토 쇼타는 1차전에 이어 4차전에서도 제 몫을 다해주었다. 7이닝 4피안타 1실점. 이 정도면 만점 활약을 펼쳤다고 해도 과언이 아니었다.

그러나 다르비스 유는 1차전과 전혀 다른 피칭을 선보였다. 6.2이닝 3피안타 무실점. 뒤이어 등판한 레인저스 불펜 투수들도 좀처럼 살아날 기미가 보이지 않는 양키즈 타자들에게 단 한 점도 허용하지 않았다.

반면 양키즈 불펜은 9회 초 추가 실점까지 허용하며 경기를 더욱 어렵게 만들었다.

양키즈가 9회 말 무사 1, 2루 기회를 살리지 못하면서 최종 스코어 2 대 0.

디비전시리즈도 2승 2패로 다시 원점으로 돌아갔다.

112장
포스트시즌(4)

뉴욕에서 하룻밤을 보낸 뒤 양키즈 선수단은 결전의 장소, 텍사스로 이동했다.

　양키즈가 내세운 5차전 선발은 테너 제이슨이었다.

　당초 마지막 경기인 만큼 다나카 마스히로로 선발을 교체하는 게 좋겠다는 의견들이 적잖았고 다나카 마스히로 역시 5차전에 선발로 출전하길 원했지만 조지 지라디 감독은 테너 제이슨이 2차전에 잘 던졌던 만큼 다시 한 번 기회를 주겠다고 결정을 내렸다.

　이에 맞서는 레인저스의 선발은 빅게임 피쳐 콜 헤먼스. 이미 2차전 맞대결에서 승리를 챙긴 터라 1회 초 마운드에서부터 기세등등한 모습이었다.

반면 양키즈 타자들은 좀처럼 살아나지 못했다. 2차전에서 콜 헤먼스의 투구에 농락당하며 타격감이 뚝 떨어졌는데 또다시 콜 헤먼스를 만나게 됐으니 방망이 중심에 공을 맞혀내는 타자가 없을 정도였다.

　―양키즈. 오늘 쉽지 않은 경기가 될 것 같습니다.
　―테너 제이슨의 기적 같은 호투를 바라는 수밖에 없을 것 같네요

　1회 초가 끝난 시점에서 콕스 TV 해설진은 우울한 전망을 내놓았다. 2차전부터 이어진 타자들의 부진이 5차전에서도 계속된다면 양키즈는 승산이 없다고 단언하는 투였다.
　그런데 하리모토 쇼타가 콜 헤먼스와의 선발 맞대결에서 무실점으로 버텨주면서 경기는 예상 밖의 분위기로 흘러갔다.

　―조 마이어! 바깥쪽 슬라이더를 지켜만 보고 물러납니다.
　―정말 좋은 공을 던졌는데요. 테너 제이슨! 오늘 경기 7번째 삼진을 잡아냅니다.
　―매 이닝 주자를 출루시키고 있습니다만 이렇다 할 위기는 없는데요.

―만약 테너 제이슨마저 무너졌다면 오늘 경기는 정말 재미없는 디비전시리즈 5차전이 됐을 겁니다.

테너 제이슨은 6이닝을 6피안타 무실점으로 막아내고 마운드에서 내려왔다. 뒤이어 마운드에 오른 다나카 마스히로도 디비전시리즈 선발 로테이션에서 제외된 것에 대해 분풀이를 하듯 삼진 퍼레이드를 이어나갔다.

8회 초 콜 헤먼스의 투구가 110구가 넘어서자 레인저스도 불펜진을 가동했다.

연이어 나온 불펜 투수들은 콜 헤먼스 못지않은 호투를 펼쳤다. 양키즈 타자들이 어떻게든 점수를 뽑아내려고 이를 악물었지만 5차전에서 모든 전력을 쏟아붓겠다는 제크 배니스터 감독의 물량 공세를 감당해 내지 못했다.

9회 말 레인저스의 공격이 끝난 상황에서 0 대 0.

아메리칸리그 챔피언십 시리즈 진출권을 두고 연장전이 시작됐다.

0의 행진은 연장 12회 초에 깨졌다. 2차전 이후 선발 로테이션에서 제외됐다가 대타로 나선 제이크 햄튼이 우완 샘 다이즈를 상대로 큼지막한 홈런을 때려낸 것이다.

뒤이어 4번 타자 그린 버드도 펜스를 직격하는 2루타를 때려내며 분위기를 완전히 양키즈 쪽으로 돌려놓았다.

1사 주자 2루.

여기서 양키즈가 추가점을 뽑아낸다면 미리 챔피언십 시리즈에 올라가 있는 레드삭스의 파트너로 양키즈가 결정될 가능성이 컸다.

"어떻게든 막아야 해!"

궁지에 몰린 제크 베니스터 감독은 마무리 투수 제이크 디그먼을 호출했다.

몸 풀 시간도 없이 마운드에 오른 제이크 디그먼은 5번 타자 더스티 애클리에게 사사구를 내줬지만 6번 타자 베리 가멜과 7번 타자 아담 앤더슨을 대신해 대타로 들어온 채이스 해틀리를 연속 삼진으로 돌려세우며 불을 껐다.

"크아아!"

제이크 디그먼은 포효를 하며 마운드를 내려갔다. 아직 경기는 끝나지 않았다며 더그아웃에 들어가서도 선수들을 독려했다.

1 대 0.

한 점의 불안한 리드를 안은 양키즈 더그아웃도 소란스러워졌다. 12회 말을 책임질 투수를 놓고 코치들의 의견이 엇갈렸기 때문이다.

"마스히로에게 맡기는 게 좋겠어."

조지 지라디 감독은 다나카 마스히로를 신뢰했다.

4이닝 동안 70구를 던진 만큼 힘이 떨어질 때가 되긴 했지만, 경험이 있으니 아웃 카운트 세 개를 충분히 잡아내 줄 것이라 기대했다.

하지만 다른 코치들은 투수를 바꿔야 한다고 입을 모았다.

"마스히로는 충분히 잘 던졌습니다."

"제 생각도 같습니다. 마스히로의 투구 수를 감안하면 이쯤에서 바꾸는 게 좋을 것 같습니다."

조지 지라디 감독도 마지못해 투수 교체에 동의했다. 그런데 다나카 마스히로를 대신해 어떤 투수를 올려야 하는지를 두고 또다시 코치들의 의견이 갈렸다.

"당연히 라몬 에르난데스를 올려야지!"

"그게 무슨 소리야? 아롤디르 채프먼이 있는데 왜 에르난데스를 올리라는 거야?"

"에르난데스는 지난 경기에서 실점했잖아."

"시즌 막판에 채프먼 구위가 얼마나 떨어졌는지 몰라서 하는 소리야?"

"그럴 거면 그냥 한정훈에게 부탁하는 게 어떨까?"

"그게 무슨 말도 안 되는 소리야! 3차전에서 완투를 했는데 이 상황에 한정훈을 올리자고?"

"고작 1이닝뿐이잖아."

"그게 지금 코치가 할 소리야?"

코치들의 의견이 좀처럼 모이지 않자 다나카 마스히로는 12회에도 마운드에 올랐다. 그리고 9번 타자 노마 마자를 유격수 땅볼로 잡아내며 레인저스 팬들을 한숨짓게 만들었다.

하지만 다나카 마스히로의 호투는 거기까지였다. 딜리아노 드실즈의 기습 번트 타구를 처리하는 과정에서 발을 접질리면서 강판 되고 만 것이다.

"채프먼을 올려."

1사 1루 위기 상황을 벗어나기 위해 조지 지라디 감독은 아롤디르 채프먼을 호출했다.

마음 같아선 한정훈을 올리고 싶었지만 만에 하나 경기가 잘못될 경우의 후폭풍을 감안했을 때 마무리 투수인 아롤디르 채프먼이 최선이라고 여겼다.

아롤디르 채프먼은 102mile/h(≒164.1㎞/h)의 강속구를 앞세워 2번 타자 루그네스 오도어를 유격수 땅볼로 유도했다.

유격수 로비 래프스나이더 공을 잡고 재빨리 2루로 송구. 2루수 비비 그레고리우스가 1루 주자 딜리아노 드실즈의 거친 슬라이딩을 피하며 다시 1루로 송구.

퍼엉!

그린 버드의 글러브에서 묵직한 포구음이 울렸을 때 아롤디르 채프먼은 두 손을 번쩍 들며 환호했다. 하지만 1루심의 판정은 세이프였다. 송구보다 타자 주자 엘버스 앤드루스의 발이 먼저 1루 베이스에 닿았다고 판단한 것이다.

조지 지라디 감독이 더그아웃을 박차고 나와 항의해 봤지만 소용없었다. 딜리아노 드실즈의 테클에 문제가 있었다는 항의도 받아들여지지 않았다.

앞선 이닝에서 비디오 판독권을 써 버린 탓에 챌린지 신청조차 불가능한 상황.

"젠장할!"

아롤디르 채프먼의 입에서 절로 욕지거리가 터져 나왔다. 그때 아롤디르 채프먼을 바꿔야 했지만 조지 지라디 감독은 아웃 카운트가 하나밖에 남지 않았다고 방심해 버렸다.

그리고 그 방심이 대형 사고를 일으켰다. 5차전에 대비해 3번으로 전진 배치됐던 4번 타자 조이 칼로의 끝내기 투런 홈런이 터진 것이다.

─큽니다! 계속 날아갑니다!

─조이 칼로! 레인저스를 챔피언십 시리즈로 이끕니다!

콕스 TV 중계진의 환호성과 함께 경기가 끝났다. 그리고 레인저스가 아메리칸리그 챔피언십 시리즈에 올라갔다.

경기 직후 뉴욕 언론은 승리를 도둑맞았다며 불만을 쏟아냈다. 1루심의 어처구니없는 판정 때문에 양키즈가 다 잡았던 경기를 날려 버렸다는 것이다.

하지만 콕스 TV 중계 카메라상 송구와 루그네스 오도어의 발은 거의 동시에 1루에 도착한 상태였다. 여기에 홈 어드밴티지까지 감안한다면 1루심이 오심을 저질렀다고 보기 어려워 보였다.

조지 지라디 감독은 오심도 경기의 일부라며 패배를 깨끗하게 인정했다. 아울러 이번 디비전시리즈 패배를 거울삼아 내년에는 더 높은 곳에 올라갈 수 있도록 노력하겠다며 의지를 밝혔다.

1승 3패로 디비전시리즈를 내줄 것이라던 전망이 우세한 가운데 5차전 접전까지 일궈낸 덕인지 뉴욕 언론도 더 이상 조지 지라디 감독의 지도력을 비난하지 않았다. 대신 모든 포커스를 한정훈의 사이영상 전망으로 돌렸다.

"한정훈이 올 시즌 보여 준 피칭은 경이롭습니다. 이 이상 무슨 말이 필요할까요?"

"애당초 의미 없는 싸움입니다. 한정훈의 경쟁자들을 보세요. 무엇 하나 한정훈보다 나은 점이 없습니다."

"아메리칸리그뿐만 아니라 메이저리그를 통틀어 한정훈보다 좋은 성적을 낸 투수는 단 한 명도 없습니다. 만약 올해부터 리그 불문 단 한 명의 투수에게 사이영상을 줘야 한다면 당연히 한정훈이 받아야 한다고 생각합니다.”

전문가들은 한목소리로 한정훈이 사이영상을 수상해야 한다고 말했다. 코어 4를 비롯한 메이저리그의 레전드 투수들도 비슷한 의견을 보였다.

특히나 랜디 제이슨은 뉴욕 언론과의 인터뷰에서 한정훈이 사이영상을 받지 못하는 건 코미디나 다름없다고 잘라 말했다.

올 시즌 20승을 거두며 한정훈의 라이벌로 꼽힌 오타니 쇼헤조차 한정훈 말고는 사이영상을 받을 투수가 없다고 인정할 정도였다.

그러는 동안 7전 4선승제의 챔피언십 시리즈가 끝이 났다.

아메리칸리그 챔피언십 시리즈의 승자는 레드삭스. 7차전까지 가는 접전 끝에 레인저스를 4승 3패로 돌려세웠다. 그리고 내셔널리그에서는 자이언츠가 컵스를 누르고 대진표에 이름을 올렸다.

113장
사이영상(1)

레드삭스와 자이언츠 간의 월드 시리즈는 치열하게 전개
됐다.

　아메리칸리그가 올스타전에서 승리하면서 1, 2차전은 레
드삭스의 보스턴 파크에서 치러졌다.

　에두아르 로드리게스와 데이브 프라이스라는 원투 펀치를
대기시킨 존 헤럴 감독은 홈 2연전을 싹쓸이해서 자이언츠의
기세를 꺾어놓겠다고 선언했다.

　하지만 원투 펀치를 출전시키는 건 레드삭스만이 아니
었다.

　자이언츠는 에이스 에디슨 범가너와 올 시즌 중반 2선발
로 승격한 조시 버닝이 원정 1, 2차전을 책임질 것이라고 발

표했다.

원정 2연전에서의 목표는 1승 1패. 이후 홈 3연전에서 알 베르토 메시아-크리스 해밍턴-에디슨 범가너를 내세워 월 드 시리즈 트로피를 차지하겠다는 게 브라이언 보치 감독의 계산이었다.

에두아르 로드리게스와 에디슨 범가너가 맞붙은 1차전은 명품 투수전이 펼쳐졌다. 에두아르 로드리게스는 특유의 빠른 공을 앞세워 자이언츠 타자들을 윽박질렀다.

7이닝 6피안타 1실점.

포스트시즌 경험이 많은 데이브 프라이스를 1차전에 등판 시켜야 한다던 보스턴 언론의 우려를 단번에 잠재워 버렸다.

이에 맞서 에디슨 범가너도 6.1이닝을 3피안타 2실점으로 틀어막고 제 몫을 다해냈다.

실점은 에두아르 로드리게스보다 한 점 많았지만, 야수들 의 실책성 플레이에 의한 것이었다. 실제 경기 내용은 레드 삭스 중계진이 감탄을 자아낼 만큼 훌륭했다.

경기는 1 대 2로 뒤지던 자이언츠가 9회 초 3점을 뽑아내 며 4 대 2 자이언츠의 역전승으로 끝이 났다. 에두아르 로드 리게스의 공격적인 피칭에 억눌렸던 자이언츠 타자들이 9회 말 5안타를 때려내며 레드삭스 불펜진을 무너뜨린 것이다.

이후 9회 말 레드삭스의 공격을 젊은 마무리 투수 스티븐 아크가 깔끔하게 막아내며 자이언츠가 1차전을 챙겨갔다.

2차전도 1차전 못지않은 명승부가 펼쳐졌다. 사이영상 투수 데이브 프라이스와 자이언츠의 영건 조시 버닝의 호투 속에 7회까지 전광판은 0의 행진을 이어가야 했다.

승부가 갈린 건 8회 말. 조시 버닝이 2루에 주자 한 명을 남겨 두고 마운드를 내려가면서부터였다.

존 헤럴 감독은 2루 주자를 홈으로 불러들이기 위해 연이어 작전을 냈다. 2루 주자를 발 빠른 대주자로 교체한 뒤 번트 작전을 걸어 2루 주자를 3루로 도루시켰다.

자이언츠 내야진이 혼란에 빠진 틈을 노려 타자 주자마저 기습적인 스퀴즈 번트를 성공시키며 선취 득점. 이후 2개의 안타가 더 터져 나오면서 점수를 3 대 0까지 벌려놓았다.

9회 초 마지막 공격에서 자이언츠 중심 타선이 2루타 하나와 홈런으로 단숨에 3 대 2, 한 점 차까지 추격했지만, 더 이상의 추가점은 만들어내지 못했다.

최종 스코어 3 대 2.

레드삭스도 월드 시리즈 첫 승을 거두었다.

자이언츠 에이티 파크로 장소를 옮겨 치러진 3차전과 4차전은 예상외의 타격전이 펼쳐졌다. 두 경기에서 쏟아진 안타 수만 54개. 점수는 무려 32점에 달했다.

타격전을 주도한 건 레드삭스였다. 아메리칸리그팀 타격 2위, 팀 홈런 3위답게 올라오는 자이언츠 투수마다 두들겨 강판을 시켰다. 자이언츠 타자들도 부지런히 점수를 뽑아냈지만, 레드삭스 타선을 당해내지 못했다.

1승 3패.

절대적인 열세 속에서 에이스 에디슨 범가너가 5차전에 다시 마운드에 올랐다. 레드삭스의 선발은 에두아르 로드리게스. 1차전에 이어 5차전에서도 에이스 간 맞대결이 성사됐다.

대부분의 전문가는 레드삭스의 승리를 점쳤다. 제아무리 에디슨 범가너라 하더라도 거침없는 레드삭스 타자들을 막아내지는 못할 것이라고 예상했다.

그러나 경기 결과는 정반대로 나왔다.

에디슨 범가너 7이닝 5피안타 2실점.
에두아르 로드리게스 5이닝 10피안타 6실점.

에디슨 범가너의 호투 속에 기사회생한 자이언츠는 기세를 몰아 원정 2연전을 쓸어 담으며 기어코 월드 시리즈 트로피를 챙겨갔다. 아울러 짝수 해에 강하다는 전설을 또다시 이어나갔다.

반면 내리 3연패를 당한 레드삭스는 참담함을 금치 못했다. 시즌 내내 레드삭스를 칭송했던 보스턴 언론에서조차 형편없는 월드 시리즈였다며 실망감을 내비쳤다.

물론 레드삭스의 라이벌 구단인 양키즈 선수들은 하나같이 웃음을 감추지 못했다. 하리모토 쇼타와 함께 월드 시리즈를 지켜봤던 한정훈도 마찬가지였다.

"아슬아슬했어."

"그러게 말이야. 9회 말에 점수 나는 줄 알고 심장이 두근거리더라."

"그래도 브라이언 보치 감독 대단해. 존 헤럴 감독이 에두아르 로드리게스 카드를 꺼내 들었는데도 꾹 참았잖아."

"그야 에디슨 범가너는 관리가 필요한 나이니까. 결과적으로 에두아르 로드리게스는 또 한 번 무너졌지만 말이야."

8 대 7 케네디 스코어로 끝이 난 7차전의 하이라이트는 에두아르 로드리게스의 구원 등판이었다.

6 대 4, 두 점 앞선 상황에서 선발 투수 조 케인리가 연속 사사구를 내주며 흔들리자 존 헤럴 감독은 주저 없이 에두아

르 로드리게스를 투입했다.

5차전 등판 이후 고작 이틀밖에 쉬지 못했지만 남은 아웃 카운트 하나만큼은 충분히 처리해 줄 것이라고 굳게 믿었던 것이다.

그러나 믿었던 에두아르 로드리게스가 역전 3점 홈런을 얻어맞으면서 경기는 자이언츠 쪽으로 기울어버렸다. 에이스를 지나치게 믿었던 존 헤럴 감독의 패착이 월드 시리즈 패배로 이어지고 만 것이다.

레드삭스가 8회 말에 한 점을 추격하고 9회 말에도 1사 1, 3루 찬스를 만들자 콕스 TV 중계 카메라는 에디슨 범가너를 비췄다.

마무리 투수 스티븐 아크가 흔들리는 가운데 그를 대체할 만한 투수는 에디슨 범가너뿐이라고 일러주었다.

중계진들도 에디슨 범가너라면 이번 위기를 충분히 넘길 것이라고 예상했다. 하지만 브라이언 보치 감독은 스티븐 아크를 끝까지 믿었다. 그리고 스티븐 아크는 그 믿음에 보답했다.

두 타자 연속 삼진.

그것도 4번 타자 모렐 카스티요와 5번 타자 재키 브래디 주니어를 삼진으로 돌려세우며 스티븐 아크는 자신이 만든 위기를 스스로 이겨냈다.

"역시 지나친 작전은 좋지 않아."

하리모토 쇼타가 나름의 결론을 내렸다. 결과론일 수도 있겠지만 시리즈 내내 경기에 적극적으로 개입했던 존 헤럴 감독은 우승 트로피를 놓쳤다. 반면 뚝심 있게 선수들을 믿었던 브라이언 보치 감독은 끝내 우승 트로피를 차지했다.

그러나 한정훈의 생각은 달랐다.

"자이언츠 선수들이 더 강했을 뿐이야."

타격만 놓고 봤을 때 내셔널리그 중위권의 자이언츠는 레드삭스의 적수가 되지 못했다. 하지만 자이언츠는 확실한 에이스와 힘 있는 불펜, 그리고 겁 없는 마무리 투수를 보유하고 있었다.

에두아르 로드리게스가 에이스 역할을 해주고 있긴 하지만 아직 성장이 필요한 선수였다. 불펜진은 자이언츠만 못했고 마무리 투수 그렉 킴브럴은 노쇠했다. 이 차이가 승패를 갈랐다고 해도 무방해 보였다.

"어쨌든 자이언츠가 이겨서 마음은 편하네."

하리모토 쇼타가 소파에 길게 드러누웠다. 만에 하나 레드삭스가 월드 시리즈 우승을 차지했다면? 아마 한동안 보스턴 언론의 조롱과 뉴욕 언론의 짜증에 시달려야 했을 것이다.

하지만 자이언츠가 우승 트로피를 차지하면서 상황이 달

라졌다. 우승은 떼 놓은 당상이라던 보스턴 언론은 충격에 허우적대고 있었다. 그리고 뉴욕 언론들은 그런 보스턴 언론을 놀려댈 준비를 서두르고 있었다.

아마 한동안 서로 으르렁거리느라 양키즈 선수단에 불똥이 튀는 일은 없을 것 같았다.

"이제 시상식만 남았네."

하리모토 쇼타가 슬쩍 화제를 돌렸다.

MVP와 사이영상.

월드 시리즈가 끝난 만큼 메이저리그 선수들이라면 누구나 받고 싶어 하는 트로피의 주인이 머잖아 발표될 예정이었다.

"신인상하고 사이영상은 당연한데…… MVP는 가능할까?"

하리모토 쇼타가 한정훈을 바라봤다. 올 시즌 메이저리그에 데뷔해 말도 안 되는 개인 성적을 기록한 한정훈은 1년 만에 메이저리그 최고의 투수 반열에 오른 상태였다.

언론은 물론이고 타 구단의 선수들조차 신인상과 사이영상은 한정훈의 몫이라고 말할 정도였다. 그만큼 한정훈 이외의 수상자는 상상하기 어려웠다.

하지만 팀 성적과 연관된 MVP는 이야기가 달랐다. 한정훈도 양키즈가 와일드카드를 확보하는 데 큰 공헌을 했지만 아무래도 투수다 보니 타자들과의 기록 경쟁에서 밀릴 수밖에 없었다.

게다가 한정훈이 아시아 출신 투수이고 올 시즌 데뷔했다는 점도 약점으로 지적됐다. 전 세계에 열려 있다고 해도 아직 메이저리그는 백인 선수들이 더 대우받고 있었다. 그들을 모두 제치고 한정훈이 신인상부터 시작해 사이영상과 MVP까지 모두 차지하기란 여러모로 쉽지 않아 보였다.

"MVP는 무슨. 지구 우승도 못 했는데."

한정훈도 개인적으로 MVP는 바라지도 않았다. 뉴욕 언론에서는 2022년 메이저리그 투수 랭킹 1위인 한정훈이 54개의 홈런포와 145타점을 때려낸 레드삭스의 모렐 카스티요와 마지막까지 경쟁할 것이라 전망했다.

하지만 콕스 TV에서는 한정훈의 MVP 순위를 3위로 예상했다. 2020년 이후 최우수 투수는 사이영상, 최우수 타자는 MVP라는 인식이 강해진 상황에서 한정훈이 그 틀을 깨기란 쉽지 않을 거란 이야기였다.

"그래도 아쉽지 않아? 그 정도 성적이면 당연히 MVP를 받아야 하잖아."

하리모토 쇼타가 아쉽다는 표정을 지었다. 양키즈 선수이기 이전에 같은 투수로서 한정훈의 기록은 리그 통합 MVP를 따로 만들어 안겨주고 싶을 정도였다.

그러나 한정훈은 피식 웃고 말았다.

"됐어. 내년에 지구 우승부터 한 다음에 생각해 보자고."

지구 최하위를 전전하던 양키즈를 이끌고 포스트시즌에 진출한 것만으로도 대단한 일이었지만 한정훈은 내심 지구 1위를 차지하지 못한 것에 대한 아쉬움이 컸다.

만약 양키즈가 레드삭스를 대신해 지구 1위에 올랐다면 월드시리즈까지 진출할 가능성이 컸다. 맞대결 상대인 로열스는 충분히 해볼 만한 상대였고 레인저스와 레드삭스, 반대편 블록에서 누가 올라오더라도 지쳐 있을 게 뻔했기 때문이다.

물론 한정훈의 개인 성적은 나무랄 데 없이 완벽했다. 하지만 한정훈은 개인적으로 노디시전 게임을 조금 더 줄였다면 하는 아쉬움이 컸다.

올 시즌 34경기에 등판한 한정훈이 승패 없이 물러난 경기는 6차례였다. 그중 후반기 3차례의 노디시전 경기는 생각하면 생각할수록 아쉬움이 컸다. 전부 역전패로 경기를 내줬기 때문이다.

만약 한정훈이 3경기 중 두 경기만 잡았더라도 아메리칸리그 동부 지구 1위는 누가 됐을지 그 누구도 장담하기 어려웠다. 그렇다 보니 한정훈은 이번 데뷔 시즌을 훌륭했다고 평가하고 싶지 않았다.

"재수 없는 놈."

하리모토 쇼타가 고개를 절레절레 흔들어 댔다. 어느 정도 예상했던 반응이지만 대수롭지 않게 구는 한정훈의 얼굴을 보니 괜히 얄미워졌다.

그러자 주방에서 나온 모모코가 대번에 도끼눈을 떴다.

"우리 오빠한테 그런 말 하지 말랬지!"

"누가 네 오빤데?"

"그야 당연히 정훈 오빠지."

모모코가 자연스럽게 한정훈의 목을 끌어안았다. 한정훈도 씩 웃으며 모모코의 손을 톡톡 토닥여 주었다.

"너희들을 내가 무슨 수로 말리겠냐."

하리모토 쇼타가 질렸다며 고개를 흔들어 댔다. 디비전시리즈 이후 한정훈과 모모코가 부쩍 가까워진 게 기분 좋으면서도 저러다가 자신 몰래 선을 넘는 건 아닐까 걱정스러워하는 스스로가 왠지 모르게 한심스러워졌다.

"솔로라고 투정 그만 부리시고 식사나 하세요~"

모모코가 씩 웃으며 하리모토 쇼타를 주방 쪽으로 떠밀었다. 월드 시리즈 7차전을 보는 내내 모모코가 주방에서 나오질 않아 어느 정도 각오는 했지만, 식탁에는 또다시 진수성찬이 펼쳐져 있었다.

"야, 좀 적당히 만들라니까? 너 때문에 식재료 비가 너무 많이 나온다고!"

하리모토 쇼타가 짜증스럽게 투덜거렸다. 한정훈에게 이것저것 먹이고 싶은 모모코의 마음을 모르지는 않지만……그 많은 식재료의 값이 제 통장에서 빠져나간다고 생각하니 괜히 속이 쓰렸다.

하지만 모모코는 눈 하나 까딱하지 않았다.

"그렇지 않아도 정훈 오빠가 따로 카드 줬거든?"

"뭐? 언제?"

"언제긴 언제야. 네가 지난번에 하도 돈 아낄 줄 모른다고 잔소리해서 그때 줬지."

한정훈도 냉큼 한마디 거들었다. 덕분에 하리모토 쇼타만 인색한 오빠가 되고 말았다.

"진짜 너희들 그냥 둘이 살면 안 되겠냐?"

하리모토 쇼타가 한숨을 푹 하고 내쉬었다. 아직 동생을 시집보낼 마음의 준비가 끝난 건 아니지만 이런 꼴을 계속 보다간 화병이 나서 제명까지 살지 못할 것 같았다.

그러나 이제 막 서로의 마음을 확인하고 가까워지기 시작한 한정훈과 모모코에게 동거는 아직 먼 이야기였다.

"그게 지금 오빠로서 할 소리냐?"

"맞아. 나 내보내고서 뭐 하려고? 또 지난번처럼 그 이상한 일본 여자애들 집에 들이려고?"

"응? 쇼타가 그런 취향이었어?"

"말도 마요. 지난번에 내가 몰래 집 청소를 하고 있는데 건넛방에서 모르는 여자가 홀딱 벗고 나오는 거 있죠?"

"아, 진짜! 그건 오해라고 했잖아!"

"오해는 무슨? 내가 오빠랑 뭘 했냐고 캐물으니까 성인 남녀가 홀딱 벗고 할 게 뭐가 있냐고 그랬는데 그게 오해야?"

"오~! 쇼타! 장난 아닌데?"

"젠장! 젠장! 나가! 둘 다 내 집에서 나가라고!"

하리모토 쇼타가 머리를 쥐어뜯으며 소리쳤다. 그런 하리모토 쇼타를 바라보며 한정훈과 모모코는 깔깔거리느라 정신을 차리지 못했다.

"우리 일단 먹고 이야기해요. 이러다 음식 다 식겠어요."

식탁에 둘러앉은 지 한참 만에 식사가 이루어졌다. 하리모토 쇼타는 이 상황에서 밥이 넘어가겠냐며 툴툴거렸지만 나날이 맛있어지는 모모코의 요리에서 젓가락질을 멈추지 못했다.

한정훈은 한술 더 떠 아예 음식을 입안으로 쓸어 넣었다.

"오빠, 천천히 먹어요. 그러다 체하겠어요."

"아니야. 난 원래 이렇게 먹어."

"오빠도 참. 여기 물 좀 드세요."

"모모코도 얼른 먹어. 아직 한 숟가락도 안 떴잖아."

"난 오빠가 먹는 모습만 봐도 배불러요."

"그래도 얼른 먹어봐. 그냥 하는 소리가 아니라 정말 맛있어."

"그래요? 정말 맛있어요?"

"그럼! 아마 우리 어머니도 모모코 음식 맛보면 놀라실걸?"

모모코가 잘 발라놓은 갈빗살을 우걱우걱 해치우며 한정훈이 엄지를 들어 올렸다.

농담이 아니라 모모코의 요리는 입에 딱 맞았다. 한동안 모모코의 요리만 먹어서인지 이제는 어머니의 손맛이 가물가물할 정도였다.

게다가 모모코는 요리만 잘하는 게 아니었다.

"오빠, 지난번에 보고 싶다고 했던 드라마 있잖아요."

"드라마? 어떤 드라마?"

"그 의사 나오는 드라마요."

"아, 닥터들?"

"네, 그거 사 왔는데 보실래요?"

"좋지. 그렇지 않아도 심심했는데 잘됐네."

"그럼 먼저 보고 계세요. 제가 과일 깎아올게요."

모모코는 알아서 척척 한정훈이 좋아할 것들을 준비했다. 하리모토 쇼타가 이건 거의 하녀 수준이라고 타박했지만, 모모코는 좋아서 하는 일이라고 일축했다.

"오빠, 오래 TV 봐서 피곤하죠? 샤워하고 오세요. 제가 마사지해 드릴게요."

모모코는 저녁마다 한정훈에게 마사지를 해주었다. 그것도 가볍게 어깨만 두드리는 수준이 아니었다. 전문 관리사처럼 한정훈의 머리부터 발끝까지 전부 주물러 주었다.

하리모토 쇼타는 모모코가 한국인 메이저리거로 가장 크게 성공한 추신우가 부인의 마사지 덕분에 피로가 풀렸다고 말한 걸 듣고는 일본의 유명 스포츠 마사지 센터를 찾아가 직접 자격증까지 따왔다고 일러주었다.

그러면서 그 마사지를 한정훈에게만 해줄 줄은 몰랐다고 투덜거렸다.

"그 자격증 따는 코스 엄청 비싸서 내가 내줬다고. 근데 왜 네가 마사지를 받는 거냐?"

"짜식. 알았다. 알았어. 얼마 들었는데? 내가 대신 주면 되잖아."

"돈은 됐고. 이렇게 된 이상 모모코 끝까지 책임져라. 알았지?"

"그건 네가 말 안 해도 그럴 생각이었어."

한정훈은 자신을 위해 맞춰줄 줄 아는 모모코가 좋았다. 야구 선수 부인은 예쁘고 요리 잘하는 것도 중요하지만 남편을 위해 헌신할 수 있어야 한다는 선배들의 말이 무슨 뜻인지 비로소 이해가 갈 정도였다.

한정훈이 세 살 먹은 어린아이가 아니었지만, 모모코는 마치 엄마처럼 누나처럼 한정훈의 모든 것을 챙기고 돌봐 주려 했다.

덕분에 한정훈도 보다 많은 시간을 야구에 투자할 수 있게 됐다. 본래도 일과의 대부분을 야구를 하며 보냈지만 모모코와 함께 지내면서 삶이 훨씬 여유로워졌다.

당연하게도 한정훈은 모모코와 함께하는 지금의 삶을 포기하고 싶지 않았다.

"우리 부모님은 언제쯤 만날 거냐?"

모모코가 없는 틈을 노려 하리모토 쇼타가 물었다.

"글쎄. 한국 들어갔다가 기회 봐서 일본으로 넘어갈까 하는데, 어떻게 될지 잘 모르겠다."

한정훈이 머리를 긁적였다. 그저 평범한 야구 선수라면 상관없겠지만 지금으로서는 조용히 일본을 다녀오기가 쉽지 않아 보였다.

"그럼 한국에서 보자."

"한국에서?"

"그래, 부모님도 한국에 오신 지 꽤 됐으니까. 이번 기회에 서울 관광도 하고 좋을 거 같은데?"

"그건 너무 죄송스러운데……."

"그런 거 신경 쓰지 마. 너 잘 나가는 건 부모님도 잘 아시니까. 게다가 나도 일본에서는 잘 나간다고."

하리모토 쇼타가 어깨를 으쓱여 보였다. 농담이 아니라 양키즈의 2선발로 확실히 자리를 잡으면서 하리모토 쇼타의 인기도 수직 상승 중이었다.

일본 언론은 하리모토 쇼타를 여전히 오타니 쇼헤와 다르비스 유보다 아래로 평가하고 있지만 지금 기세로는 앞으로 2년 안에 그 위상이 뒤집힐 가능성이 컸다.

"그럼 차라리 뉴욕으로 모시는 게 어때?"

"뉴욕으로?"

"그래, 사실 한국에 들어가 봐야 인터뷰니 예능이니 하며 시달리기만 할 것 같거든. 그건 너도 마찬가지 아냐?"

"뭐…… 너 정도까진 아니겠지만 나도 고달프긴 하겠지."

"그럼 기왕 이렇게 된 김에 부모님을 뉴욕으로 모시자고. 적어도 뉴욕이라면 사람들 눈치 볼 일은 없을 테니까. 안 그래?"

한정훈의 제안에 하리모토 쇼타가 고개를 주억거렸다. 뉴욕이라고 맘 편히 돌아다닐 수 있는 건 아니었지만 적어도 한국이나 일본보다는 자유로울 것 같았다.

"그런데 한국에 안 들어가려는 이유가 단순히 그것 때문이야?"

하리모토 쇼타가 미심쩍은 얼굴로 물었다. 만약 자신이 한 정훈처럼 신인상과 사이영상을 동시에 수상할 수 있다면 스프링 캠프 전까지 일본에서 인기를 누렸을 것 같았다.

그러자 한정훈이 피식 웃어 보였다.

"눈치는 참 빨라."

"뭐야? 또 무슨 꿍꿍이인데?"

"꿍꿍이까지는 아니고…… 구종을 하나 늘릴까 해서."

"뭐? 구종을?"

하리모토 쇼타가 눈을 똥그랗게 떴다. 메이저리그를 통틀 어 최고의 패스트볼 피처로 불리는 한정훈이 추가 구종을 필 요로 한다는 게 이해가 가지 않았다.

게다가 한정훈은 체인지업도 수준급으로 구사하고 있었 다. 간간이 너클 커브도 던졌다. 여기서 뭔가를 더 추가한다 는 게 조금은 무모하게 느껴졌다.

그러나 한정훈도 단순히 구종 욕심 때문에 이러는 게 아니 었다.

"완급 조절을 하려면 제대로 된 커브가 필요해."

"지금도 너클 커브를 던지잖아?"

"그건 말 그대로 커브 대체용으로 던지는 거고."

너클 커브로 올 시즌 적잖게 재미를 보긴 했지만 그렇다고 해서 구종 평가까지 좋았던 건 아니었다.

ESPM이 선정한 메이저리그 구종 평가에서 한정훈의 패스트볼은 전부 A 등급 이상을 받았다. 주력 구종인 포심 패스트볼은 물론이고 투심 패스트볼과 커터, 스플리터, J−스플리터에 이르기까지 한정훈의 패스트볼은 나무랄 데가 없다는 극찬이 쏟아졌다.

한정훈의 체인지업도 B+등급을 받았다. 구사 비율만 놓고 본다면 그 정도 등급을 받기 어려웠지만 워낙에 피안타율이 낮은 탓에 추가 가산점이 붙었다.

하지만 너클 커브에 대해서는 냉정한 평가가 이어졌다.

C등급.

한정훈이 커브볼러가 아닌 걸 감안하더라도 썩 달가운 평가는 아니었다.

이 같은 평가에 대해 야구팬들의 불만이 쏟아지자 ESPM은 구사 비율이 지나치게 낮고 한정훈의 구종들 중 상대적으로 피안타율이 높다는 근거를 들었다고 해명을 늘어놓았다.

또한 한정훈이 시즌 막판으로 갈수록 너클 커브의 빈도를 줄인 것도 등급 평가에 좋지 않은 영향을 미쳤다고 덧붙였다.

한정훈도 ESPM의 구종 평가를 겸허히 받아들였다. 특히나 너클 커브에 대한 평가에 절절히 공감했다.

시즌 막판 한정훈의 너클 커브 구사 빈도가 뚝 떨어졌던 가장 큰 이유는 심리적인 불안함 때문이었다.

메이저리그의 날고 기는 타자들을 상대로 너클 커브를 승부구로 쓰기에는 부족하다는 판단이 발목을 잡은 것이다.

그래서 한정훈은 새삼 커브의 필요성을 절감했다. 지금이야 패스트볼 하나만으로도 충분히 버틸 수 있다지만 나중을 위해서라도 제대로 된 커브볼을 던질 필요가 있다고 여겼다.

'진짜…… 정말 독하다니까.'

하리모토 쇼타는 속으로 혀를 내둘렀다. 데뷔와 동시에 메이저리그 정상에 올랐다면 잠시나마 우쭐거릴 만 한데도 한정훈은 그렇지가 않았다. 더 이상 완벽을 추구할 필요가 있나 싶을 정도로 완벽해지려 노력했다.

덕분에 하리모토 쇼타도 안이했던 마음을 다잡아야 했다. 메이저리그 최고의 투수가 된 한정훈도 올 시즌을 반성하는데 자신은 고작 이 정도 성적을 내고 뿌듯한 마음을 먹었으니 부끄러움이 밀려들었다.

"훈련은 어디서 할 건데?"

"글쎄. 따뜻한 곳을 알아봐야지."

"한국에서 할 건 아니지?"

"그럼 훈련이 되겠냐?"

"좋아. 그럼 나도 같이해."

"너도 하려고? 왜?"

"왜긴 왜야. 네가 연습하는데 당연히 나도 해야지."

하리모토 쇼타가 의욕을 불태웠다. 한정훈을 목표로 달리고 있는 상황에서 한정훈이 훈련을 하겠다는데 한가롭게 여유나 부릴 수는 없는 노릇이었다.

"나야 상관없긴 하지만 네 에이전트가 가만있겠냐?"

한정훈이 슬쩍 에이전트를 언급했다. 한정훈이 무엇을 하던 전적으로 지원해 주는 베이스 볼 61과는 달리 하리모토 쇼타의 에이전트는 하리모토 쇼타의 몸값을 올리는 데 주력하고 있었다.

하지만 하리모토 쇼타는 신경 쓰지 않는다는 반응이었다.

"그렇지 않아도 자꾸 이런 식으로 나오면 계약 연장은 없다고 통보했어."

"정말 그렇게 말했다고?"

"은연중에 네 에이전시 이야기를 꺼냈더니 태도가 달라지던데?"

"그렇다면 다행이네."

"그러니까 같이 훈련하자고. 혼자 하는 것보다는 낫잖아. 안 그래?"

"그럼 그렇게 하던가."

한정훈도 하리모토 쇼타와 합동 훈련이 싫진 않았다. 이미 한 차례 합동 훈련을 해본 적이 있기 때문에 특별히 걱정되는 부분도 없었다.

"그런데 커브는 누구한테 도움을 받을 거야? 서재훈 선수?"

"응, 아무래도 재훈이 형이 나에 대해서는 가장 잘 알고 있으니까."

"내 커브는 별로야?"

하리모토 쇼타가 넌지시 물었다. 굳이 서재훈을 부르지 않더라도 한정훈이 원한다면 커브를 던지는 노하우쯤은 언제든지 알려줄 수 있었다.

그러나 한정훈이 원하는 건 단순한 커브가 아니었다.

"네 커브도 좋긴 하지만 피칭 스타일이 다르잖아. 넌 나보다 훨씬 와일드하니까."

"내 커브가 별로란 말은 아니지?"

"쇼타, 몇 번 얘기했지만 네 공에 대해 자신감을 가지라니까? 네 공은 다 좋아. 단지 내가 원하는 커브와는 다를 뿐이야."

"네가 원하는 커브는 뭔데?"

"흠…… 이를테면 빠르고 예리한 커브?"

"세상에 그런 커브가 다 있냐?"

하리모토 쇼타가 고개를 갸웃거렸다. 만약 다른 투수가 이 같은 말을 했다면 꿈 깨라고 한마디 했겠지만 다양한 구종을 자신만의 스타일로 개발해 온 한정훈이라면 충분히 가능할 것도 같았다.

"어쨌든 내 투구 스타일에 맞는 커브를 익혀야 해. 그리고 겸사겸사 포크볼도 던져 볼 생각이고."

"포크볼? 지난번에 말한 그거?"

"그래, 구로다 히로 선수의 말처럼 이제 슬슬 두 공을 나눠 던지는 게 가능해졌으니까."

구로다 히로는 스플리터에 익숙해지다 보면 원하는 무브먼트를 조절하는 게 가능해질 것이라고 조언했다.

그리고 그 조언대로 스플리터에 익숙해진 덕분에 시즌 중반 이후로 스플리터의 무브먼트를 손가락 감각으로 조절하는 게 가능해졌다.

물론 아직 완벽하게 컨트롤이 되는 건 아니었지만 노력 여하에 따라 포크볼과 스플리터로 이원화시키는 것도 충분히 가능할 것 같았다.

"좋겠다. 던질 수 있는 공이 많아서."

하리모토 쇼타가 부럽다는 표정을 지었다. 그 역시도 포심 패스트볼과 투심 패스트볼, 커터, 슬라이더, 체인지업, 커브에 이르기까지 다양한 공을 던지고 있지만, 한정훈의 구종이 하나 더 늘어난다는 게 왠지 모르게 배가 아팠다.

그러자 한정훈이 피식 웃었다.

"메이저리그에서 버티려면 별수 있냐."

한정훈은 가능하다면 오랫동안 메이저리그에서 선수 생활을 하고 싶었다.

비록 지금은 100mile/h을 넘나드는 패스트볼이 통하고 있지만, 나중에 서른이 지나고 구속이 떨어질 시점이 왔을 때도 클레이튼 커셔나 다른 사이영상 투수들처럼 타자들이 쉽게 덤벼들지 못하는 투수가 되고 싶었다.

그래서 미리미리 새로운 구종을 연마할 생각이었다. 메이저리그 데뷔 1년 만에 정상을 맛봤는데 고작 몇 년 버티다가 주룩 미끄러지고 싶은 생각은 눈곱만큼도 없었다.

하지만 하리모토 쇼타는 한정훈의 말이 달리 들렸다.

"정상에서 버티려면 더 노력해야 해."

하리모토 쇼타도 주먹을 꼭 움켜쥐었다. 한정훈을 쫓아가려면 지금보다 더 열심히 해야 할 것 같았다.

"아메리칸리그 사이영상 수상자는…… 양키즈의 한정훈 선수입니다."

　이변이 일어날 리 없다는 언론의 단언처럼 아메리칸리그 사이영상 수상자는 한정훈으로 결정됐다.

　1위표 29표. 2위표 1표.

　예상처럼 1위 표를 전부 휩쓸지는 못했지만 207점이라는 압도적인 점수로 다른 후보들을 멀찍이 따돌렸다.

　시즌 18승을 거두며 사이영상 후보군에 오른 하리모토 쇼타는 6위에 그쳤다.

2위표 5표. 3위표 8표. 5위표 15표. 총 59점.

"젠장, 차이가 너무 나잖아."

하리모토 쇼타가 미간을 찌푸렸다. 하리모토 쇼타가 최소 3위 안에 들 것이라고 설레발을 치던 일본 기자들의 표정도 덩달아 씁쓸하게 변했다.

하지만 뉴욕 언론은 한정훈의 사이영상 수상 소식에 흥분을 감추지 못했다.

몇몇 언론은 우승을 놓쳤지만, 사이영상 투수를 얻었다며 한정훈을 잔뜩 추켜세우기까지 했다.

"이제 남은 건 MVP뿐인가?"

"크아, 이거 진짜 기대 안 하려고 했는데…… 자꾸 기대가 돼."

"나도 마찬가지야. 까놓고 말해서 경쟁하는 녀석들도 다들 별로잖아. 안 그래?"

"1위 표를 얼마나 받느냐가 관건이긴 하지만 잘하면 승산이 있을지도 몰라."

양키즈 팬들은 내심 한정훈이 MVP까지 수상하길 바랐다. MVP가 타자들만을 위한 상으로 둔갑한 지 오래됐지만, 한정훈의 압도적인 기록이라면 충분히 MVP 수상이 가능하다고 여겼다.

그러나 애석하게도 한정훈은 MVP 투표에서 3위에 그쳤다.

1위표 9표. 2위표 21표. 총 315점.

30명의 기자 전원이 한정훈에게 1위 혹은 2위 표를 던졌지만. MVP는 레드삭스를 우승으로 이끈 모렐 카스티요(1위표 17표. 2위표 8표. 3위표 5표 총 350점)에게 돌아갔다.

[MVP 투표는 타자들만의 전유물이 되어버렸다.]
[한정훈과 모렐 카스티요, 둘 중에 누가 최고의 선수인가!]

뉴욕 언론들은 앞다투어 분개했다. MVP 투표가 타자들에게 유리하도록 바뀌어 가는 점을 꼬집으며 이건 진정한 의미의 MVP가 아니라고 평가 절하했다.

"한정훈은 분명 좋은 투수다. 그가 사이영상을 받았다는 사실이 증명해 주고 있다. 하지만 나 역시 MVP를 받았다. 나도 존경받을 자격이 충분하다."

화가 난 모렐 카스티요는 보스턴 언론을 통해 불쾌감을 드러냈다. 보스턴 언론들도 모렐 카스티요의 인터뷰 내용을 대대적으로 인용하며 양키즈의 무례함을 꾸짖었다.

오프라인에서도 팬들의 신경전이 끊이질 않았다.

└기록을 봐. 한정훈이 이처럼 완벽한 기록을 세웠는데 MVP가 아니라는 게 말이 돼?

└그래서 한정훈에게 사이영상을 줬잖아!

└사이영상은 최고 투수에게 주는 상이니까 당연한 거고. 당연히 MVP도 한정훈에게 줬어야지!

└2020년부터 투수보다 타자들에게 조금 더 가산점을 주기로 한 거 잊었냐?

└그게 잘못됐다니까? 타자들만의 MVP가 필요하다면 상 이름을 바꾸라고. 왜 모렐 카스티요가 한정훈보다 더 높은 자리에 앉아 있는 거야?

└억지 좀 부리지 마. 그렇게 억울하면 지구 우승부터 하든가.

└지금 그깟 우승 한 번 했다고 까부는 거냐?

└그깟 우승이라니? 월드 시리즈 우승이야. 너희 양키즈는 꿈도 꾸지 못하는 무대라고.

양키즈 팬과 레드삭스 팬은 만났다 하면 한정훈과 모렐 카스티요를 내세워 으르렁거렸다. 그러다 결국에는 올 시즌 월드 시리즈 진출 이야기로 번졌다.

"하아, 좀 쉬나 했더니 죽겠구만."

팬들의 분위기를 전해 들은 브라이언 캐시 단장이 이마를 짚었다. 아직 윈터 미팅까지 여유가 있어서 며칠 휴식을 취하려 했는데 지금 분위기로는 당장 내년 시즌 구상에 들어가야 할 것 같았다.

"그래도 리빌딩은 성공적이지 않습니까."

새로 합류한 보좌관 라이언 클루이가 웃으며 말했다. 한정훈과 하리모토 쇼타라는 리그 최고의 원투 펀치를 FA로 영입하긴 했지만, 결과적으로 양키즈의 리빌딩은 성공적이라는 의견이 많았다.

아담 앤더슨이 주전 포수가 됐고 브라이언 리가 젊은 중견수로 합류했다. 거기에 제이크 햄튼과 그린 버드로 이어지는 중심 타선도 탄탄해졌다.

아직 불펜진 보강이 남아 있긴 하지만 지금의 양키즈는 1년 전과 비교했을 때 몰라보게 달라졌다고 해도 과언은 아니었다.

그러나 브라이언 캐시 단장은 이 정도로 만족할 수 없다는 표정이었다.

"양키즈는 조금 더 젊어질 필요가 있어. 쓸모없어진 선수들은 내보내고 전력에 도움이 될 만한 선수들로 새 판을 짜야 해."

조지 지라디 감독이 젊은 선수들을 중용하겠다는 뜻을 밝혔을 때 브라이언 캐시 단장은 걱정이 앞섰다.

겉으로는 조지 지라디 감독의 뜻을 존중하겠다고 말했지만, 경기마다 혹시라도 젊은 선수들이 큰 실수를 할까 봐 초조함을 감추지 못했다.

하지만 지난 시즌의 결과는 놀라웠다.

지구 2위. 디비전시리즈 진출.

선수들의 이름값에 대한 미련을 버리지 못했던 과거에는 꿈도 꿔보지 못했던 월드 시리즈 문턱을 경험하게 된 것이다.

상황이 이렇게 되자 브라이언 캐시 단장의 생각도 달라졌다. 팀에 꼭 필요한 베테랑들을 제외하고 나머지 선수들을 전부 정리하기로 마음을 굳힌 것이다.

자연스럽게 오프 시즌 때 해야 할 일이 늘어만 갔다. 기존 선수들을 정리하는 것도 쉽지 않았지만, 그보다는 양키즈에 맞는 새로운 선수들을 최대한 많이 데려와야 하는 게 커다란 숙제로 남았다.

그래서 이번 오프 시즌에 대비해 일찌감치 가족들과 시간을 보내려 했건만 극성맞은 팬들과 언론의 등쌀에 브라이언 캐시 단장은 일찌감치 휴가를 반납할 수밖에 없었다.

브라이언 캐시 단장이 바빠지자 자연스럽게 구단 전체가 분주하게 움직였다.

하지만 구단 직원들의 반응은 생각만큼 부정적이지 않았다. 오프 시즌인데도 쉴 틈이 없다고 투덜거리면서도 다들 내년 시즌에 대한 기대감에 가득 차 있었다.

"한정훈하고 하리모토 쇼타가 올 시즌만큼만 던져준다면 우승도 문제없겠지?"

"당연하지. 마무리 투수야 라몬 에르난데스에게 맡기면 되는 거고 쓸 만한 타자하고 불펜 투수들만 채워 넣으면 지구 1위는 충분할 거야."

지구 최하위를 전전하면서 오프 시즌의 방관자에 머물렀던 양키즈가 초반부터 선수 수급에 열을 올리자 자연스럽게 겨울 이적 시장이 뜨거워졌다. 덩달아 FA를 선언한 선수들의 입가에도 웃음이 번졌다.

그럴수록 레드삭스를 비롯한 다른 구단들의 입에서 볼멘 목소리가 터져 나왔다.

"양키즈는 대체 왜 저러는 거야? 작년에도 터무니없는 돈으로 한정훈을 영입하더니 아직도 정신 못 차린 거야?"

"대체 시장을 얼마나 엉망으로 만들려고 저래? 평소처럼 조용히나 있던가. 진짜 도움이 안 된다니까."

하지만 양키즈는 다른 구단들의 불평불만에 귀를 기울여 줄 만한 여유가 없었다.

"더 강해져야 합니다. 한정훈과 계약이 이제 4년, 아니, 옵트 아웃까지 감안해서 3년밖에 남지 않았어요."

"3년 안에 가시적인 성과를 이루려면 이번 시즌부터 확실히 달라질 필요가 있습니다."

"제 생각도 같습니다. 한정훈도 한정훈이지만 더스티 애클리가 88년생인 걸 감안해야 합니다. 더스티 애클리가 지난 시즌만큼 활약해 줄 수 있는 시간은 많지 않아요."

"분명 양키즈는 강해졌습니다. 하지만 그건 어디까지나 한정훈이라는 에이스가 팀의 중심이 되어준 결과입니다. 솔직히 말해 아직 선수 개개인은 강하지 않습니다."

"선수들의 개인 기량도 성장해야 하지만 또 개인 기량이 성장할 수 있도록 팀 내 경쟁도 절실히 필요합니다. 몇몇 베테랑 선수가 올 시즌 정리가 된다고 감안했을 때 그들의 빈자리를 단순히 팜의 선수들로만 채워 넣는 건 반대입니다."

전문가들은 한목소리로 양키즈의 전력이 질적으로 강화될 필요가 있다고 여겼다. 그러면서 예년처럼 값싸고 영양가 있는 선수 타령을 했다간 올 시즌 와일드카드 확보조차 힘들어질지 모른다고 경고했다.

　뉴욕 언론의 생각도 비슷했다.

　[양키즈, 불펜 강화하지 못하면 포스트시즌 진출 장담 못 해.]
　[리빌딩 끝낸 양키즈. 이제는 정상을 노려야 할 때.]

　쉴 새 없이 기사를 쏟아내며 양키즈의 투자를 부추겼다.

　덕분에 브라이언 캐시 단장도 하인 스타인브리너 구단주를 설득하기가 쉬워졌다.

　-그럼 내년 시즌 목표는 월드 시리즈인가요?

　"그렇습니다. 1차 목표는 챔피언십 시리즈 우승, 최종 목표는 월드 시리즈 우승입니다."

　-확률은 얼마나 되죠?

　"얼마나 좋은 선수를 영입하느냐에 따라 다르겠지만 지난 시즌보다는 나은 결과를 보여줘야 한다는 책임감을 가지고 있습니다."

　-좋아요. 단장을 믿어보죠. 단 작년 같은 지출은 안 돼요.

　"이 세상에 한정훈이 한 명 더 있다면 물론 욕심이 나겠지만 그럴 만한 선수는 없으니 안심하셔도 좋습니다."

　하인 스타인브리너 구단주는 한정훈에 버금가는 거액 FA를 잡지 않는다는 조건으로 지원을 약속했다. 다행히 조지 지라디 감독도 거액 FA는 필요 없다는 입장이었다.

"몇몇 FA가 양키즈를 기웃거리고 있습니다만 가고 싶은 곳에 가라고 하십시오. 양키즈에는 그들을 위한 자리가 없습니다. 비싼 돈 들여 데려와 봐야 팀 케미스트리만 망가뜨릴 가능성이 큽니다. 그보다는 젊고 건강한 선수들 위주로 데려와 주세요. 작년 브레이브스와의 트레이드처럼 말이죠."

조지 지라디 감독은 브라이언 캐시 단장과의 면담에서 자신의 견해를 명확하게 밝혔다. 그러면서 감독으로서 권한을 강화해 달라고 요구했다.

"당연히 그래야지. 이제 더 이상 리빌딩 팀의 감독이 아니니까."

브라이언 캐시 단장은 즉석에서 조지 지라디 감독과의 계약을 연장했다.

이미 메이저리그 최고 수준의 연봉을 받는 터라 연봉 인상은 없었지만 조지 지라디 감독으로서는 계약 기간이 늘어난 것만으로도 선수들을 장악하기가 훨씬 수월해졌다.

그렇게 양키즈 구단이 대대적인 전력 강화에 착수할 무렵.

개인 훈련을 구상하며 휴식을 취하던 한정훈에게 뜻밖의 전화가 걸려왔다.

"그러니까…… 한국 출신 야구인들의 모임이라고요?"

─그래, 그러니까 정훈이 너도 꼭 참석했으면 좋겠다. 미국에서 야구 하는데 서로 얼굴이라도 익혀두면 좋잖아. 안 그래?

"아, 그래요?"

─다른 선배님들께도 연락드리고 있으니까 가급적이면 참석해. 네가 메이저리그에서 잘 나가는 건 알지만 그래도 제일 막내가 빠지는 건 좀 그렇잖아.

"네, 스케줄 맞춰볼게요."

─그래, 그럼 참석하는 거로 알고 있을게.

한정훈이 굳은 얼굴로 통화를 끝마쳤다. 그러자 하리모토 쇼타가 냉큼 입을 열었다.

"누군데?"

"한국인 메이저리그 모임."

"메이저리그 모임? 추신우 선수나 박병훈 선수?"

"아니, 메이저리그 모임을 빙자한 마이너리그 선수들의 모임."

"아…… 그런 거?"

하리모토 쇼타가 알 것 같은 표정을 지었다. 그 역시도 시즌이 끝난 이후로 정체를 알 수 없는 여러 단체로부터 참석을 강요당하는 상황이었다.

"참석할 생각이야?"

"글쎄. 취지는 나쁘지 않은 거 같은데 부모님이 뉴욕 오시는 날짜랑 겹치네."

"그럼 안 되지. 그 날 우리 부모님도 오시잖아."

"그러니까. 그런데 일방적으로 참석해 달라고 저러니……."

"그거야 뻔한 거 아냐?"

"뻔한 거?"

"너 바쁜 거야 모르지는 않을 테고 그냥 그 핑계로 저녁이나 한 끼 얻어먹겠다는 생각 같은데?"

"설마 그 정도까지야……."

"마이너리그 선수들의 삶이 팍팍한 건 너도 알잖아? 시즌 끝나면 월급도 못 받는 거. 이제 막 마이너리그에서 시작한 선수들이야 꿈이라도 있지만 마이너리그 3, 4년 차들은 고민이 많을 거야. 그럴 때 잘 나가는 메이저리그 선수들이 와서 밥도 사주면서 좋은 이야기해 주면 좋은 거지. 아마 다들 그걸 바라는 모양이고."

"흠……."

한정훈이 고개를 주억거렸다. 그러고 보니 서재훈에게 비슷한 경험담을 들었던 것 같기도 했다.

하지만 현실적으로 한정훈이 마이너리그 선수들의 멘토가 되어주기란 쉽지 않은 일이었다.

현재 마이너리그에서 선수 생활하는 이들 중 한정훈보다

어린 선수는 한 명도 없었다. 한정훈이 메이저리그 최고의 투수라 해도 나이 어린 후배에게 진심으로 조언을 구할 선수는 없을 터였다.

"잠깐 기다려 봐."

한정훈은 즉시 서재훈에게 전화를 걸었다. 그리고 대략의 사정을 설명했다.

―그 녀석들이 그랬어? 허허. 요즘 메이저리그로 진출하는 선수도 없고 그러니까 꼴에 선배놀이 좀 하고 싶었나 보네. 그런데 번지수 잘못 짚었네. 어떻게 해줄까? 형이 전화해서 따끔하게 한마디 해줘?

"아뇨, 그러실 필요까진 없고요. 그냥 제가 밥 한 끼 사는 거로 잘 마무리했으면 좋겠어요."

―그래, 잘 생각했다. 결혼 안 한 녀석들은 몰라도 결혼한 녀석들은 너 때문에 집에서 바가지 좀 긁힐 테니까. 돈 많이 버는 메이저리그 후배가 선배 대접해 주면 다들 좋아할 거야.

"그러니까 형이 대신 좀 전해 주세요."

―그래, 형 계좌번호 보낼 테니까 거기로 송금해. 이참에 형도 좀 보태야겠다.

"부탁 좀 드릴게요."

―참, 그건 그렇고. 너 김 아나 하고는 완전히 깨진 거냐?

"누구요?"

─김 아나. 김초롱 아나운서.

"아, 그게……."

─왜? 김 아나가 너 별로래? 아니면 너 다른 여자 생긴 거야?

갑작스러운 서재훈의 질문에 한정훈은 말문이 막혔다. 다른 사람도 아니고 서재훈이라면 일의 전황을 아는 편이 좋았다. 하지만 자신의 입으로 직접 상황을 설명하기란 쉽지 않았다.

"일단 자세한 건 상엽이 형한테 들으시고요."

─김상엽 팀장에게? 흠…… 이거 뭔가 있는 분위기인데?

"그리고 저 결혼하고 싶은 여자 있어요."

─결혼하고 싶은 여자가 있다고? 누구? 누군데? 외국인이야? 혹시 할리우드 쪽이냐?

"왜 갑자기 그쪽까지 가는데요?"

─그야 지금까지 별 이야기 없다가 갑자기 여자가 있다니까 하는 소리지.

"별 이야기 없었던 건 아니고 지금까진 좋은 동생이었는데 진지하게 만나려고 하고 있어요."

─동생? 아…… 혹시 그 하리모토 쇼타 선수 동생 말하는 거냐?

"어떻게 알았어요?"

—어떻게 알긴, 이 녀석아. 내가 너에 대해서 모르는 게 어디 있냐. 안 그래?

"아무튼, 당분간은 비밀인 거 아시죠?"

—형도 눈치가 있는데 그 정도도 모를까. 암튼 잘 만나고 김 아나한테는 내가 잘 둘러대야겠다. 지난번에 말한 훈련은 미국에서 할 거지?

"네, 훈련지 확정되면 연락드릴게요."

—그래, 그때 보자. 잘 지내고, 어디 다치지 말고. 알았지?

"제 걱정 말고 형도 몸 좀 만들어 오세요. 지난번처럼 러닝 하다 토하지 마시고요."

서재훈과 통화를 끝낸 뒤 한정훈은 즉시 5만 달러를 송금했다. 모임에 속한 선수가 몇 명인지 모르는 상황이라 일부러 여유롭게 보냈다.

그러자 곧장 서재훈의 잔소리가 날아들었다.

—야, 인마. 이렇게 많이 보내면 어떻게 해. 내가 부담되잖아!

"그럼 형이 가지고 계시다가 적당히 제 이름으로 써주세요."

—아, 그런 좋은 방법이. 알았다.

"참, 형수님하고 조카들 선물도 하나씩 챙겨주시고요."

-짜식, 역시 너는 된 놈이다. 비싼 거로 골라도 되냐?

　"삼촌이 메이저리그에서 제일 돈 많이 버는데 비싼 거 골라도 되죠."

　-오냐 고맙다, 사랑한다 정훈아~

　한정훈이 피식 웃으며 핸드폰을 내려놓았다. 서재훈의 넉살은 언제 봐도 질리지 않았다.

　"참, 이참에 다른 분들에게도 연락을 드려야겠다."

　한정훈은 강혁 감독을 시작으로 야구 선수 한정훈이 있기까지 도움을 주었던 선수들에게 미리미리 전화를 넣었다.

　메이저리그에서 성공하긴 했지만, 훈련이 바빠서 연말에 단체 문자 메시지로 대신하는 야박한 선수라고 타박을 받고 싶진 않았다.

　-어, 그래 정훈아. 잘 지냈지? 건강하고?

　-어이쿠, 이게 누구신가? 위대하신 한정훈 선수 아니신가?

　-와, 진짜 정훈이 맞냐? 얘들아! 정훈이 삼촌이야! 정훈이 삼촌!

　-그렇지 않아도 한정훈 선수 생각이 났었는데 우리 텔레파시가 통했나 봅니다. 하하.

한정훈의 전화를 받은 이들은 하나같이 기쁨을 감추지 못했다. 한국인 최초로 메이저리그 신인상과 사이영상을 휩쓴 장본인이다.

ESPM 선정 2022년 투수 랭킹 1위, 2023년 예상 투수 랭킹 1위에 빛나는, 말 그대로 메이저리그 최고의 선수가 먼저 안부 전화를 해온 것이다.

오죽했으면 무뚝뚝함의 대명사 강혁 감독조차 들뜬 목소리를 낼 정도였다.

"감독님, 훈련 끝나고 한국 들어가면 꼭 찾아뵐게요."

―와서 애들 하루만 봐줘라. 얘기 들었겠지만, 작년에 우리 대통령기 우승했다.

"우승 선물 가져오라 이 말이죠? 알겠습니다. 박찬영 대표님 편으로 애들이 쓸 만한 야구용품 좀 보낼게요. 마음 같아선 집에 있는 거 보내주고 싶은데 이게 전부 저한테 맞춰서 제작된 거라서요."

―마음만으로도 고맙다. 여튼 보내준다는 선물은 잘 쓰마. 네 덕분에 나도 요즘 애들 가르칠 맛 난다.

"하하. 감독님이 그런 말씀 하시니까 좀 이상해요."

―크흠, 어쨌든 몸 관리 잘하고. 올 시즌 막판에 무리하게 힘으로만 던졌던 거 알지? 체력 관리에 신경 써라. 메이저리그는 한국하고 달라. 알고 있지?

"물론이죠. 내년에는 더 좋은 성적 낼 겁니다."

ㅡ그래, 그럼 됐다.

강혁 감독은 마지막까지 애제자에 대한 잔소리를 아끼지 않았다. 하지만 한정훈은 그런 강혁 감독이 싫지 않았다. 모두가 잘한다고 칭찬해 주는 상황에서 쓴소리를 아끼지 않는 강혁 감독이 너무나 고마웠다.

"식사하세요~"

때마침 모모코가 앞치마를 두른 채로 주방에서 나왔다.

"역시 모모코야."

한정훈이 씩 웃으며 자리에서 일어났다. 백여 통 가까운 전화로 허기가 지던 차였는데 모모코가 딱 맞춰서 식사 준비를 해주니 절로 기분이 좋아졌다.

그렇게 재충전의 시간은 빠르게 지났다.

to be continued

천마사냥꾼

운경 현대 판타지 장편소설

마수가 창궐한 세계.
염동 능력자이자 천마신공의 전수자 적시운.
그가 해야 하는 일은 단 하나.

'살아서 집으로 돌아간다.'

*천마(天魔)[명사]

검은 안식일 이후 지상에
창궐하게 된 마수 무리의 지배자.

*사냥꾼[명사]

사냥하는 자.

스킬의 제왕

이형석 퓨전 판타지 장편소설

인간군 검병2부대 소속, 강무열.
과거로 돌아오다.

검과 마법, 그리고 정령까지.
인류가 염원하는 그 힘을 얻을 방법이 내 기억 속에 남아 있다.
미래의 스킬을 아는 자.

후회의 전생을 딛고 신의 땅에서
인류의 멸망을 막기 위해
제왕이 되고자 일어서다!

"이제 내가 권좌에 오르겠다."